Byw yn y Wlad

DIC DAVIES

Gwasg
Gwynedd

Argraffiad Cyntaf — Tachwedd 1992

© Dic Davies 1992

ISBN 0 86074 086 2

Dymuna'r cyhoeddwyr gydnabod cymorth Adran Olygyddol
y Cyngor Llyfrau Cymraeg.

Cyhoeddwyd ac argraffwyd
gan Wasg Gwynedd, Caernarfon

CYFLWYNEDIG
I
ALAW
(ER NAS CYFFRY DDIM)

Cynnwys

Cyflwyniad

Ganwyd Dic Davies yn Llaniestyn, Llŷn. Ond nid wrth yr enw yna yr oeddwn i yn ei adnabod ar y cychwyn.

Daeth yn athro ysgol i Foelgron, Mynytho ac fel Mr Davies standar' thri y byddem ni'r plant yn cyfeirio ato. Ond yn ei gefn, 'Cochyn' oedd o inni!

Gŵr ifanc, tal a gosgeiddig ydoedd a mop o wallt coch, tonnog ar ei ben. Y fo fyddai yn rhoi gwersi 'wdwyrc' inni. Yn y llwch lli a'r siafins byddai'n pesychu'n ddi-baid. Clywsom wedyn ei fod wedi gorfod mynd i Ysbyty'r T.B. Darogan y gwaethaf a wnâi pobol y pryd hynny mewn achos fel hyn, ond cafodd awdur y llyfr hwn wellhad llwyr o'r aflwydd. Y mae erbyn hyn dipyn dros ei bedwar ugain ac wedi mwynhau iechyd oddi ar hynny.

Bu'n dysgu yn Sarn Bach a Nefyn wedyn, cyn cael ei benodi'n brifathro Tudweiliog. Priododd Alaw Non, merch y Parch. J. Hawen Rees, Gweinidog efo'r Annibynwyr a bardd aml ei wobrau. Bu yn Nhudweiliog am chwe blynedd ar hugain nes ymddeol a symud i fyw i'r Felinheli. Erbyn hyn mae'n byw mewn Cartref Preswyl yn Sir Fôn ac mae Alaw ei wraig mewn ysbyty.

Ychydig iawn a welais i ohono wedi dyddiau Foelgron. Ond fel huddug-i-botas daeth amlen hir atom o Fangor. Ei chynnwys oedd tudalennau ffwlscap yn disgrifio rhyw bentref yn Llŷn — pentref na roed enw arno. Yr oedd y cyfan yn darllen fel pôs gyda chliwiau manwl a diddorol iddo. Toc dyma ganfod mai Llaniestyn oedd y pentref ac mai cyn-brifathro Tudweiliog oedd yr awdur!

Cyhoeddwyd y bennod hon o hanes Llaniestyn yn ein papur bro, *Llanw Llŷn*. Gan fod y bennod mor ddiddorol a difyr dyma annog ei hawdur i anfon mwy. Dechreuodd penodau gyrraedd yma yn rheolaidd.

Ysgrifennu 'o ran pleser' a wnâi Dic Davies, meddai ef. Ond dyma sylweddoli bod yma lenor wrth ei waith; llenor a allai roi pleser i gannoedd o'i gyd-wladwyr.

Mewn iaith ddethol, sydd yn amheuthun iawn y dyddiau hyn, mae'n sgwennu am gyfnod ei blentyndod. A chanddo gof diarhebol mae'n sôn am gymeriadau diddorol, am arferion, chwaraeon a digwyddiadau o bob math. Mae ganddo ddawn arbennig at ddisgrifio a manylu ar bethau sydd wedi diflannu nes eu hail-greu yn ein cof ninnau.

Mae'r cyfan yn wledd fendigedig wedi ei blasu â halen sylwadaeth graff ar arferion a moesau ei gyd-bentrefwyr. Weithiau rhydd ysgytwad ysgafn o focs pupur ei feirniadaeth gynnil. Mae ei gyfeiriadaeth yn dangos rhychwant eang ei ddarllen.

Hiwmor? Oes wir, a hwnnw'n byrlymu o'r lleoedd mwyaf annisgwyl! Hiwmor cynnil, iach a difalais.

Pleser a braint fu cael ceisio helpu tipyn bach i hyrwyddo'r llyfr cyfoethog hwn drwy'r wasg.

DIC GOODMAN

Rhagair

Nid gyda'r bwriad o'u cyhoeddi yr ysgrifennwyd yr atgofion sydd rhwng cloriau'r llyfryn hwn.

Disgrifio pentref, heb ei enwi, gan feddwl efallai y gwnâi ryw fath o bôs i'w roi yn y papur lleol a wneuthum i ddechrau.

Anfonais yr ysgrif at Dic Goodman iddo ef roi ei lathen arni a'i chywiro, gan y gwyddwn ei fod ef yn hen law ar gloriannu pethau o'r fath. Am ryw reswm fe gymerodd ati, ac anogodd fi i ysgrifennu rhagor. Gwneuthum innau hynny, er mwyn pasio'r amser yn bennaf.

Os ceir unrhyw ddiddanwch o'u darllen, i Dic Goodman y mae'r diolch gan mai ar ei ysgwyddau ef y disgynnodd y gwaith o'u paratoi i'r wasg.

Mae diolch yn ddyledus i Wasg Gwynedd am ddangos diddordeb ac am waith cymen fel sydd yn arferol ganddi.

DIC DAVIES

Y Pentref

'Pôl Postol', meddan nhw, a ddywedodd, 'Pan oeddwn yn fachgen, fel bachgen y llafarwn, fel bachgen y dyallwn, fel bachgen y meddyliwn: ond pan aethum yn ŵr, mi a rois heibio bethau bachgenaidd.'

Peidiwch â rhoi'r bai arna i am y 'sbelio'. Sgwennu at y Corinthiaid roedd yr Apostol, ac os oes arnoch chi eisiau gweld 'sbelio' fel'na, chwiliwch am gopi o Feibl 'Pitar Wilias', fel yr un sydd wrth fy mhenelin i'r funud yma. Mae hwn yn gant a phedwar ugain oed, wedi ei argraffu gan John Evans yn Heol-y-Prior yng Nghaerfyrddin. Does 'na ddim clasbiau pres i'w gau, ac mae hynny'n ddigon addas gan fod 'Gair Duw' i'w gael heb glo arno.

'Wel,' meddech chi, 'beth sydd a wnelo hyn oll â byw yn y wlad?' Y gwir amdani yw na chafodd Paul, er cymaint dyn oedd o, ddim byw yn ddigon hir i sylweddoli mai at bethau bachgennaidd y dôi yntau pe bai wedi cael oes hwy. Byw yn y wlad yr oeddwn i pan oeddwn yn fachgen, ac mae ail-blentyndod yn mynnu mai yno rydw i o hyd o ran fy meddwl, a'r wlad i mi yw gwlad Llŷn.

Ym mhentref Llaniestyn yng ngwlad Llŷn y'm maged, ond anodd iawn fydd egluro i chi ble yn union mae'r pentref. Digon dweud ei fod ar y ffordd yr eid gynt o Nefyn i Abersoch, ond nid dyna'r ffordd a gymer pobl heddiw i fynd o'r naill bentref i'r llall. Doedd 'na ddim sôn am M1, nac unrhyw M arall chwaith bryd hynny. Roedd 'na lôn bach a llwybr yn eu graddau yn arwain i lawr, a lôn fawr a lôn bost yn eu graddau yn arwain i fyny; roedd 'na Lôn Newydd a Lôn Parc hefyd, ond awn ni ddim ar hyd y rheini ar hyn o bryd.

Roedd yn y pentref stryd a siop, dwy siop ar un adeg, ac yno ceid popeth y byddai ar neb ei angen, o fewn rheswm. Hynny yw, popeth i'w fwyta, o gaws i bennog coch, a fferins du i'w rhoi mewn llond potel ffisyg o ddŵr ar ddiwrnod poeth fel y rhai a geid yn yr hafau erstalwm. Roedd yno eglwys neu lan, a Thŷ'n Llan fel mewn llawer pentref arall. Roedd yno ysgol hefyd a honno wedi bod yn Britis Sgŵl, yn Nasional Sgŵl ac yn Gownsil Sgŵl, ond nad yw erbyn hyn ysywaeth yn sgŵl o gwbl. Gallai'r pentref ymffrostio mewn llythyrdy hefyd, ond roeddwn i'n laslanc cyn dyfod bocs coch y teliffôn yno, a chan mor anamled y byddai hwnnw'n gweithio fe haerodd William y Saer mai hwnnw 'oedd y teliffôn sala yn y wlad'.

Ni wn paham y defnyddid y gair 'stryd' mewn pentref gwledig mor fychan. Dim ond dau deulu oedd yn byw yn y 'stryd'. Roedd un simnai yn gwasanaethu'r ddau deulu a chorn y simnai wedi ei osod ar ganol to'r adeilad. Mae pethau wedi newid yno erbyn hyn. Os aech i mewn i un o'r tai yn y dyddiau gynt a chael eich gwahodd i eistedd, mi deimlech fod un neu ddwy o'r cadeiriau yn anghyffredin o isel. Y stori oedd bod gwraig y tŷ wedi llifio pytiau o draed y cadeiriau a'u hollti'n briciau tân! Roedd hi'n ddigon hawdd gwybod lle roedd y stryd yn dechrau, ond wedi mynd tipyn bach heibio i'r tŷ roedd y stryd yn mynd yn lôn Tan y Fynwent, a thipyn bach ymhellach yn lôn Tan 'Rallt ac yn lôn Capal ac wedi mynd heibio'r capel yn lôn Tyddyn Rhys, a hynny i gyd mewn llai na milltir o'i chychwyn yn sgwâr y pentref, os sgwâr hefyd!

Yn yr eglwys roedd rhai beddau o dan y llawr a hen blatiau eirch yn y llofft ac elor yn hongian ar y wal yn yr ystafell o dan y llofft. Roedd gwenyn yn byw o dan y 'sglaits' yn y to mewn un man. Ambell haf, pan fyddai trigolion un o gychod gwenyn y fro yn heidio, byddent yn ymuno â'r rheini oedd yn y llan, a dyna hi'n gwd-bei am gael elwa ar lafur yr haid honno, er bod sôn i Wili'r slatar lwyddo i gael gafael ar amryw ddiliau o bryd i'w gilydd.

Ni chlywais fod yn y pentref dŷ tafarn erioed, ar wahân i'r Tŷ'n Llan lle ceid diota ar ôl y gwasanaeth boreol yn ôl y sôn. Efallai bod a wnelo hynny rywbeth â theneuwch y cynulliadau boreol y Suliau hyn! Un adeg, roedd 'na wehydd yn y pentref ac roedd un o'i blant yn cael ei alw wrth yr enw Wil Gwŷdd, er bod hwnnw'n ddyn yn ei oed a'i faint pan ddeuthum i i'r byd. Gwag oedd y gweithdy pan oeddwn i'n blentyn ac mae'r ffenestr a'i goleuni yn nhalcen yr adeilad wedi ei chau ers llawer blwyddyn.

Doedd dim crydd yn y pentref chwaith pan oeddwn i'n blentyn, ond mi gymerodd un o blant y pentref at y gwaith wedi iddo ddychwelyd o'r Rhyfel Mawr. Pan dorrodd yr heldrin honno ar y byd, roedd ar fin gorffen ei brentisiaeth mewn siop a gweithdy nid anenwog ym Mhwllheli. Gallai hwnnw wneud esgid â'i law —

gwadn, gwaltas a chefn, ond iddo gael darn o 'groen', edau a chŵyr, mynawyd, pegiau bach pren tebyg i ddarnau o goesau matsys ac amrywiaeth o hoelion bychain y byddai'n aml yn eu dal rhwng ei wefusau fel y byddai'r galw. Ond aeth gwneud esgidiau a chlocsiau â llaw yn waith go ddi-elw wedi i'r stwffiach newydd 'ma ddechrau cael ei ddefnyddio yn lle lledr, ac i beiriannau alluogi dyn i wneud llawer mwy o waith mewn llai o amser.

Ychydig bellter o'r pentref roedd rheithordy, tŷ mwy o lawer na'r cyffredin a llawer o ffenestri yn ei ffrynt, er nad oedd cynifer yng nghefn y tŷ, dim ond ambell 'ffenast pen grisiau' gan ei fod yn dŷ tri llawr. Bu un o'r rheithoriaid ar un adeg yn cadw ysgol breifat yno, a dywedid i'r meddyg oedd yn gofalu am y brenin Siôr V yn ei salwch terfynol gael peth o'i addysg yno. Yn ystod chwarter olaf y ganrif ddiwethaf y bodolai'r ysgol yn ôl W. . . W. . ., a aned rhwng 1860 a 1865, a dywedai ef bod tîm criced yn yr ysgol.

Hen ŵr oedd y rheithor cyntaf a gofiaf i yno. Gwisgai ddu ac roedd ganddo het gorun isel a chantel gweddol lydan iddi ar ei ben bob amser. Roedd ganddo lygaid treiddgar a barf wen wedi ei thrimio'n daclus, a byddai rhaid i fechgyn bach y pentref gyffwrdd eu capiau iddo pan âi heibio ac roedd genethod bach, a mawr am a wn i, yn gorfod bowio neu wneud cyrtsi iddo. Oedd, roedd 'na dipyn o steil ynghylch y rheithordy. Cofiaf i'r busnes achosi penbleth i mi un tro pan welais y rheithor a dyn arall tebyg iddo o ran ei wisg yn dynesu. Yr unig wahaniaeth rhyngddynt oedd bod gan y dyn arall rywbeth fel legins clwt a rhes o fotymau yn eu cau.

Wyddwn i ddim a oedd eisiau saliwtio ddwywaith ai peidio. Erbyn hyn rwyf wedi penderfynu mai'r esgob oedd y dyn arall. Efallai'n wir mai hwnnw oedd yr 'esgob annwyl' y gelwid arno'n gyson cyn inni ymgynefino â'r arfer o gymryd enw ein Duw yn ofer!

Ta waeth am hynny, a chan nad oes, hyd y gwn i, ac eithrio efallai un o blant i blant plant y rheithordy yn byw yn Llŷn erbyn hyn, gallaf ymhelaethu heb dramgwyddo gobeithio. Roedd plant y rheithordy wedi priodi neu ar fin gwneud hynny yr adeg honno. Pan sonnid amdanynt byddai rhaid cyfeirio at 'Miss Anne' neu 'Miss Peggy', ond ni wn p'un ai yn Saesneg neu yn Gymraeg yr ymgomient â'i gilydd gartref.

Roedd tipyn o dir amaeth yn perthyn i'r rheithordy, a chedwid buches fach a merlen yno. Roedd yno was a morwyn a gyflogid i redeg y fferm a'r ardd ac i weithio yn y tŷ. Gwisgai'r gwas legins lledr melyn a'r rheini'n sgleinio pan fyddai'n troi allan. Roedd sôn ei fod mewn cariad â Meri'r forwyn, ond roedd rhyw ystyriaethau felly y tu hwnt i grebwyll bachgen chwemlwydd, er iddo yn ei ddiniweidrwydd feddwl fod Meri yn hogan landeg iawn. Priodi rhywun arall fu hanes Meri, a bu'r gwas fyw i hen lencyndod digon diymgeledd ar ddiwedd ei oes.

Roedd yr ardd, i'n tyb ni beth bynnag, yn un helaeth iawn;, rhan ohoni yn berllan, rhan yn ardd lysiau a'r gweddill yn ardd flodau gyda'i borderi a'i gwelyau blodau. I'r ardd hon yr aem i ddwyn 'fala; er bod gennym afalau yn tyfu gartref, roedd amgenach blas ar rai wedi eu dwyn. Cystal nodi na wneid yno ar ddydd

Gwener y Groglith unrhyw swydd nad oedd yn gwbl angenrheidiol; nid wyf mor siŵr ynglŷn â Llun y Pasg.

Ar dir y rheithordy, mewn man nas datgelaf, roedd ceudod wedi ei wneud ym môn y clawdd, lle teflid poteli gweigion o bob math, rhai ohonynt yn fwy 'ysbrydoledig' na'i gilydd! Nid wyf am awgrymu mai o'r rheithordy y deuai'r cyfan, er nad wyf am wadu hynny chwaith, oblegid roedd o leiaf un arall yn y pentref a ddioddefai yn ysbeidiol oddi wrth y gowt! A beth wnâi rhywun â photeli gweigion a oedd yn dueddol o fwrw amheuaeth ar eich cymeriad? Eu claddu siŵr iawn, a hynny yn y gobaith na chyfodid mohonynt byth, oblegid doedd 'na ddim car lludw na throl faw yn dod oddi amgylch yn rheolaidd bryd hynny. Cleddid pethau heblaw cyrff a photeli y dyddiau hynny, ac wedi'r gorchwyl byddai rhan o'r ardd yn dwyn ffrwyth 'ar ei chanfed'. Clywir llawer o sôn am 'boliwsion' y dyddiau yma, ond dyna i chi arferiad nad oedd yn anghyffredin mor bell â hynny yn ôl. Roedd yn y rheithordy dŷ bach — rhaid i bob teulu wrth hwnnw — ond roedd un y rheithordy yn un 'di-lwcs' gyda ffrwd yn llifo dan y sêt a *thri* thwll o wahanol faintioli yn y sêt fel y gallai tair cenhedlaeth, o eistedd mewn trefn, berfformio'n gytûn. Dyna i chi 'Driawd y Buarth' cynnar iawn!

Roedd yn y rheithordy lyn, cyfleus i foddi cath, ac olwyn ddŵr i droi yr injan eithin a'r sgrapar a'r fuddai. Roedd yno gar a merlan i gludo'r rheithor ar hyd a lled y wlad. Weithiau eid i Bwllheli, a dywedid bod y ferlen, pan nad oedd y person yn y car, yn troi, o hen arfer, i gowt tafarndy oedd ar ymyl y ffordd. Un tro mynnodd Papa gael gyrru'r car o'r dref, a chan nad oedd yn dal yr afwynau yn dynn iawn, trodd y ferlen yn naturiol i gowt y dafarn.

'Beth yw hyn, Ifan?' holodd Papa.

'Wedi arfer cael diod o ddŵr yma mae hi, Papa,' atebodd Ifan — er nad Ifan oedd ei enw chwaith.

Wn i ddim faint o ddŵr roedd yn rhaid i Papa gael i lyncu'r stori yna.

Bob prynhawn Sul âi'r person yn y car i wasanaethu mewn eglwys arall oedd yn ei ofalaeth, tua thair milltir fwy neu lai i ffwrdd. Yr hyn oedd yn rhyfedd oedd ei fod yn mynd heibio i eglwys oedd yn rhan o ofalaeth arall ar ei daith.

Telid degwm bryd hynny a rhaid oedd mynd i'r rheithordy i'w dalu. Ceid llond bol o de a ham am dalu, er nad oedd ein degwm ni ond dwy a dimai. Tybiaf fod y rhai oedd yn talu mwy yn cael rhywbeth tipyn cryfach na the yn y rheithordy ar ddiwrnod degwm.

Wrth ymyl giât fawr y tŷ, roedd 'na giât fach ar adwy neu fwlch bach yn y wal. Roedd y giât bach fymryn ymhellach o'r ffordd na'r giât fawr ac o'i blaen roedd carreg fflat, lydan, y gellid sefyll arni'n hawdd. Esgynfaen oedd y garreg honno ac oddi arni gallai marchog gamu ar gefn ei geffyl yn ddidrafferth. Welais i undyn erioed yn ei defnyddio i'w phriod bwrpas, ond byddem ni blant yn sleifio drwy'r giât fawr ac yn agor y giât fach er mwyn cael neidio i lawr i'r lôn oddi arni. Weithiau caem ein dal gan rywun o'r tŷ a dywedid y drefn yn hallt wrthym.

Tŷ Ni

Mae'n hen bryd i mi adael y rheithordy bellach a mynd yn ôl i'r pentref, gan nad wyf wedi sôn gair am ein tŷ ni hyd yma.

Tŷ a dau enw arno ydoedd; un yn enw Saesneg neis, neis, 'The Cottage', a'r llall, Siop Isaf, yn fwy Cymreigaidd ei naws. Y rheswm am hyn oedd fod dau deulu wedi bod yn byw ynddo ar wahanol adegau. Roedd iddo ddau ddrws ffrynt, un drws cefn i'r adran Gymraeg fel petai, a drws talcen i'r adran Saesneg. Un tŷ bach, un *two-seater*, oedd yno ar gyfer y ddau deulu, hyd y gwn i. Roedd 'na ffordd sbesial i mewn o'r lôn i'r adran Saesneg, dôr ac 'artsh' drosti a rhosod crwydrol yn tyfu dros yr 'artsh'. Roedd llwybr a chennin Pedr yn tyfu o bobtu iddo yn arwain at y drws talcen a 'phorts' bach gwydr o flaen y drws hwnnw. Lledai'r llwybr i fod yr hyn a elwir heddiw yn *patio* a hwnnw wedi ei lorio â theils chwarel digon garw eu hwynebau.

Wn i ddim pryd y codwyd y tŷ; rywbryd ym mlynyddoedd canol y ganrif ddiwethaf, dybiwn i. Roedd yno ddau risiau, grisiau mawr a grisiau bach, a'r naill a'r llall yn arwain i'r un landin lle ceid pum drws i'r pum llofft, tair llofft ffrynt a dwy lofft gefn. Wrth gwrs, roedd rhaid i un llofft fod yn llofft ganol ac un yn llofft orau. Wn i ddim sut y rhennid y llofftydd, dwy i un teulu a thair i'r llall yn ôl mathemateg elfennol, oni bai bod un yn rhyw fath o stafell argyfwng gyffredin ar gyfer salwch neu esgor, oblegid gartref y genid pawb ers talwm pan nad oedd sôn am ysbyty nac ambiwlans ym Mhen Llŷn.

Anghofiais sôn bod yna, o ymyl y *patio* i ddrws ffrynt y *Little England*, lwybr wedi ei wneud â cherrig fflat o lan y môr wedi eu gosod ar eu hymylau yn y ddaear. Sôn am 'gerrig gwastad' a 'gair o gariad' wir — sibrydais i erioed air o gariad uwchben y diawchiaid, oblegid o bryd i'w gilydd roedd rhaid chwynnu rhyngddynt efo hen gyllell de a'i llafn wedi treulio mor denau nes torri. Plygwn sach yn bedwar neu ragor i benlinio arno ar un pen i'r llwybr, a symud wysg fy mhen ôl gan roi'r chwyn a'r pridd oedd wrth eu gwraidd mewn pwced.

Doedd 'na ddim ystafell molchi a phethau crand o'r fath yn y tŷ y dyddiau hynny. Erbyn heddiw mae'r grisiau bach wedi mynd ac mae cyfleusterau diweddar wedi cyrraedd un o lofftydd cefn yr adran Gymraeg. Llofft ddiddorol oedd honno ar lawer cyfrif. Nid nenfwd fflat oedd iddi, ond un wedi ei 'silio' (yn yr ystyr *ceiling*) â chalico. O dan do ffrynt y tŷ roedd y giarrat a gyrhaeddai dros y llofft orau. Rhag i rywun syrthio o'r giarrat i'r llofft gefn roedd rêlings pren wedi eu gosod a chyrten yn hongian o bren y grib hyd at lawr y giarrat. Sôn am Blac Hôl Calcutta, wir. Roedd hon yn ystafell dywyll iawn yn y dydd heb sôn am y nos, ac roedd y tymheredd ynddi yn gallu amrywio o un eithaf i'r eithaf arall yn ôl y tymhorau. Does gen i ddim cof iddi erioed gael ei defnyddio'n rheolaidd fel llofft, ond fe wnâi y tro i roi 'gwely clapsan' ynddi pe dôi perthnasau neu ffrindiau agos i aros noson neu ddwy. Wn i ddim chwaith sut yr eid iddi bryd hynny — mae'n siŵr fod 'na ysgol neu risiau symudol o ryw fath, ond dull arall oedd gen i pan oeddwn yn llanc. Safwn ar draed y gwely, rhoi canhwyllbren wedi ei goleuo ar lawr y giarrat, cydio ym mhostyn cyntaf y rêlings a halio fy hun i fyny. Wedi cryn ymdrech llwyddwn i gyrraedd llawr y giarrat. Heddiw, rwy'n sylweddoli peth mor beryglus oedd mynd â channwyll i le mor llychlyd, ond roedd yno drysorau!

Waeth i mi heb â sôn am bapurau pumpunt, degpunt neu fwy, achos doedd 'na ddim arian papur bryd hynny. Doedd yno ddim coronau na modrwyau aur chwaith, na gemau gwerthfawr. Ond roedd Pitar yno. A phan fyddaf i'n sôn am Pitar, sôn y byddaf am *'Y Bibl Sanctaidd, sef yr Hen Destament a'r Newydd, gyda Nodau a Sylwadau ar bob pennod, gan y diweddar Barchedig Peter Williams'*. Cyfrol swmpus iawn yn wir — ymylon pres am y 'casys' a dau glasb pres i'w gau. Nid bod rhaid i neb ohonom fynd i'r giarrat i ddarllen y Beibl chwaith. Roedd yno hefyd hen rifynnau o'r *Geninen* — barddoniaeth oedd yn honno, nifer o gopïau o ryw ddrama gan y Parch Beriah G. Evans, drama yn sôn am ryw gymeriad hanesyddol os cofiaf yn iawn, nifer o *letterheads* (beth bynnag yw'r rheini yn Gymraeg) ar ôl Eisteddfod Genedlaethol Pwllheli 1875, a rhai hardd oedden nhw hefyd. Y Ddraig Goch oddi mewn i hirgrwn bach a'r ddraig yn codi'n uwch na wyneb y papur ac yn sgleinio'n goch. Y peth tebycaf i *premium bonds* oedd yno oedd tystysgrifau a ffigiarins crand arnynt yn tystiolaethu bod gan eu deiliaid siawns i ennill miloedd lawer pe digwyddai i'r nymbar droi i fyny.

Siawns aderyn du o gael pry genwair mewn tocyn twrch! Cefais ar ddeall yn ddiweddarach bod y deiliad wedi marw a'r *Lottery* wedi mynd i'r gwellt.

Mewn hen gist de bren fawr, roedd degau os nad cannoedd o lythyrau, ac ymhlith y rheini roedd 'na lythyrau caru. A dyna i chi bethau diddorol oedd y rheini i hogyn ar ei brifiant. Llythyrau oddi wrth ddyn neu ddynion ifanc at hogan ifanc, rhai tebyg i'r rhai oedd, sydd ac a fydd yn cael eu sgrifennu gan bobl ifanc at eu cariadon-dros-dro. Ymhlith y rheini deuthum o hyd i un oddi wrth ryw Eliseus Williams. Roedd 'na dipyn bach o farddoniaeth yn hwnnw, neu rigwm yn hytrach, a hwnnw yn Saesneg ac yn dalcen slip a mwy! Os ydych chi wedi ymhel rhywfaint â'r 'pethe' rydych chi wedi synhwyro rhywbeth yn barod. Alla' i ond dyfalu sut y daeth y ddau i gysylltiad â'i gilydd gan eu bod yn byw yn agos i begynau eithaf y rhandir a elwir heddiw yn Ddwyfor.

Mae'n siŵr gen i fod fy nhaid ar ochr fy mam wedi bod yn hel y dreth mewn plwyf cyfagos, oblegid, ymhlith y trysorau, roedd hen lyfr treth a llofnod Love Jones Parry, yr un aeth i chwilio am dir i sefydlu gwladfa ym Mhatagonia, ynddo lawer gwaith. Y tebyg yw ei fod yn Ustus Heddwch a bod llofnodi'r llyfr treth yn rhan o ddyletswyddau Ustus. Arferid dweud am y dyn hwnnw y byddai, o dro i dro, yn mynd ar sgawt ar draws gwlad ac os gwelai raw neu fforch wedi eu gadael yn esgeulus wrth fôn clawdd, y byddai'n mynd â hwy adref gydag ef. Byddai'n rhaid i'r perchennog fynd ato i Fadryn i'w hawlio yn ôl. Wn i ddim sut i egluro ymddygiad o'r fath, oni bai mai gwir y sibrwd bod ganddo ddiddordeb mewn amgenach pethau na gwrthrychau ungoes, a'i fod yn mynd â'r arfau adref er mwyn profi i'w wraig nad oedd wedi bod ar unrhyw berwyl mwy amheus na benthyca rhaw!

Yn y llyfr treth hwnnw roedd enwau'r tai a'r tyddynnod a drethid, a dyna enwau melodaidd oedd yn eu plith, enwau megis Nyth Gog a Llety'r Dryw, ac mi gofiaf am bwt o lôn a elwid yn Lôn Annwyl, a hynny nid am ei bod yn arwain i unman o bwys nac o unlle o bwys, ond am mai wrth ei rhodio y clywid cog gynta'r tymor. Tybed a oes rhywun yn ei thramwy heddiw?

Pe gwyddwn bryd hynny yr hyn a wn heddiw, byddwn wedi cadw a thrysori llawer o gynnwys yr hen gist de. Fe'u trowyd yn 'laslawr lwch' pan drowyd y llofft gefn yn ystafell molchi.

Mae'r hen giarrat wedi fy hudo ar lawer trywydd ac mae'n bryd dringo i lawr oddi yno, i lawr y grisiau bach i'r gegin gefn.

Y Gegin Gefn

Ar ein ffordd i lawr y grisiau bach o'r llofft i'r gegin gefn roeddem ni, ond cyn mynd â chi i'r gegin rhaid dweud gair neu ddau am y grisiau. Yn ogystal â bod yn risiau roedd hefyd, tua'i ganol a'i waelod, yn eisteddfa, ac nid 'eisteddfa gwatwarwyr' chwaith. Gallai fod yn bwlpud lle byddem yn dynwared pregethwyr, ac yn ford lle gellid arlwyo gwledd i hogyn bach oedd a'i ben ôl yn ddigon bychan iddo fedru eistedd yn nhro'r grisiau lle roedd y gris yn llydan yn un pen ac yn gul, gul yn y pen arall. Doedd dim digon o le, neu ddim digon o gadeiriau, yn y gegin i chwech a rhywun dieithr eistedd wrth y bwrdd. Ac roedd rhaid i'r rhywun dieithr fod yn ddieithr iawn neu i'r achlysur fod yn un arbennig, fel swper noson 'Dolig, cyn y defnyddid y rŵm ffrynt. Felly, 'Ar y grisia bach!' fyddai'r gorchymyn, a hwnnw mor ddiwrthod â deddf y Mediaid a'r Persiaid gynt.

Ond ar ben y grisiau roeddem ni, yntê, a rhaid dweud rhywbeth am ei ben uchaf yn ogystal â'i droed. Os yw pobl heddiw yn gallu dweud jam, jeans, jeli, jiw-jiws a jympars, siawns na chaf innau ddweud fod na ledjan ar ben y grisiau. Ar nosweithiau braf o haf, fel y byddai hafau erstalwm, gorfodid plant bach i fynd i'w gwelyau yn gynnar. Roedd hynny, o bosib, er eu lles corfforol, ond yn fwy na dim efallai rhag iddynt glywed sgwrsio pobl mewn oed a chlywed rhywbeth a allai fod yn enllibus. Fodd bynnag, doedd drws y llofft gefn ddim yn cau yn iawn, a gallwn godi o'r gwely, agor y drws yn ddistaw bach a gorwedd ar fy mol ar y ledjan, a thrwy hynny glywed pob gair o'r sgwrs. Ond doedd fiw aros yno'n rhy hir, rhag ofn tisian neu gadw rhyw sŵn arall a dynnai sylw at bresenoldeb ysbïwr.

Wrth gamu oddi ar stepan isaf y grisiau roedd rhywun yn sangu ar lawr y gegin gefn. Ystafell ddigon tywyll oedd hi er bod iddi ddwy ffenestr, un fechan i oleuo'r grisiau bach ac un arall fwy yn yr un mur yn nes at dalcen y tŷ. Teils chwarel digon garw eu hwynebau oedd ar lawr y gegin, mor arw yn wir nes y byddai cadach llawr yn treulio'n dwll ar fyr o dro. A byddai angen sychu'r llawr yn aml iawn ar dywydd gwlyb gan y byddai dŵr-codi arno'n ddi-feth bryd hynny.

Fel y crybwyllais, tywyll oedd y gegin er gwaetha'r ddwy ffenestr, ac i wneud pethau'n waeth, roedd rhes o adeiladau allanol o fewn teirllath i gefn y tŷ. Yn y rhes roedd coetsiws, stabl a chegin arall, ac mae bodolaeth y rheini yn peri dryswch i mi ynglŷn â'r amser yr adeiladwyd y tŷ. Pam roedd angen coetsiws a stabl mewn tŷ preifat? Roedd 'na gae yng nghefn y tŷ, mae'n wir, ond doedd hwnnw ddim yn ddigon mawr i gadw ceffyl, na gafr, na hyd yn oed dair gŵydd, ac ar ben hynny roedd ar oleddf ac yn sych grimp yn ei ben uchaf. Cofiaf i goed gael eu plannu yn y cae ar un adeg gyda'r bwriad o'i droi yn berllan, ac roedd mynwent yno'n ogystal.

Yn ôl i'r gegin. Wrth linyn o'r nenfwd uwch y ffenestr fwyaf, crogai wy estrys. Wy wedi ei chwythu oedd hwn, wrth gwrs, gyda'r geiriau *A Present from South Africa* wedi eu hysgrifennu mewn paent aur ar ei blisgyn. Roedd gennyf ewythr, brawd fy nhad, mewn seilam yn y wlad bell honno. Roedd yn ŵr yn ei iawn bwyll, ond ei fod yn gweithio fel saer coed i awdurdodau'r seilam. Mae ei ferch, fy nghyfnither, yn byw yno o hyd a chanddi wyrion a wyresau erbyn heddiw er na welais i yr un o'i phlant erioed, na'i gweld hithau chwaith o ran hynny er y pedwardegau.

Welsoch chi wy estrys erioed? Mae'n gymaint â rwden go lew ac yn debycach i bêl nag i wy gan ei fod yn fwy crwn. Pan dorrwyd yr wy yn ddiweddarach gwelwyd bod ei blisgyn yn dair milimedr o drwch o leiaf. Wn i ddim sut sosban fyddai'n rhaid ei chael i'w ddal na pha mor hir y byddai'n rhaid ei ferwi, a go brin bellach y caf gyfle i arbrofi yn y maes hwnnw.

Bwrdd symudol ac un arall sefydlog dan y ffenestr, setl focs, cwpwrdd gwydr, ychydig o gadeiriau cegin a chadair freichiau i mam oedd dodrefn y gegin. Doedd yno ddim sinc na rhyw foethau felly, ond roedd yno dwll tan grisiau lle cedwid y ddysgl golchi llestri ac yr hongiai'r lliain sychu llestri ar gefn y drws. Ar y silff roedd dystars a blacin a rhyw geriach at iws tŷ.

Does gen i ddim cof bod llawer o ddarluniau ar y muriau, ond ar y palis uwch un pen i'r setl crogai copi o *Almanac Caergybi*, gyda dolen o edafedd gwlân du i'w ddal ar hoelen, ac uwch y pen arall i'r setl roedd calendr bras *Roberts, Paragon, Pwllheli*. Roedd 'Robaits Paragon', yn ôl y calendr, yn 'ejant' i amryw o wneuthurwyr beiciau gorau'r dyddiau hynny ac yn gwerthu'r *carbide* gorau, carbeid du, da, di-lwch.

Roedd lle tân y gegin yn brestio allan ychydig i'r ystafell, ac yn un ceudod roeddid wedi gwneud cypyrddau, top a gwaelod, ond ni ellid agor y cwpwrdd isaf heb symud y setl, ac roedd honno'n drom ac anhylaw. Setl focs oedd hi fel y crybwyllais, hynny yw gellid cadw pethau ynddi — ôl-rifynnau papurau newydd a'r *Dysgedydd Mawr* a'r *Dysgedydd Bach*, ynghyd â'r blanced smwddio a chlustog drom i'w rhoi ar ben y badell does. Ar ystyllod tafod a rhych, rhyw gwta pedair modfedd o led, yr eisteddid, ond bod clustog hir fel un o'r rhai a ddefnyddid ar seti capel i esmwytho peth arni. Roedd y tafod wedi torri ar amryw o'r ystyllod, a byddent yn bur aml yn llithro dros ei gilydd o dan ben-olau aflonydd plant.

Yn y palis, y tu cefn i'r setl, roedd dwy ffenestr fechan oedd wedi cael eu papuro drostynt. Tuag wyth modfedd wrth chwech oedd maint y naill, a'r llall yn sgwâr pedair modfedd fwy neu lai. Roedd gwaelod y ddwy tua'r un lefel ac roedd rhyw dair neu bedair modfedd rhyngddynt. Ar un adeg roedd yr ystafell ffrynt wedi bod yn siop a'r gegin gefn yn storws, yn ôl pob tebyg. Er mwyn gallu gweld, o'r storws, pwy oedd wedi dod i mewn i'r siop y darparwyd y ddwy ffenestr fechan. Ond pam dwy ffenestr? Mi wn i am dŷ lle'r arferai fod dau dwll crwn o wahanol faint a chaeadau arnynt yn nrws y cefn — un i gath fawr ac un i gath fach. Mae rhyw synnwyr yn hynny o gofio y gallai cath fach fod yn rhy wan i ymwthio dan gaead y twll mawr. Ond dyw hynny'n egluro dim ar ddirgelwch y ddwy ffenestr. Efallai bod 'siciwriti' yn dynn iawn yn yr oes honno!

Nid oedd cwpwrdd wedi ei wneud yr ochr arall i'r lle

tân, ond roedd tair neu bedair silff wedi eu codi yno. Ar gul-wal y *bresting* hongiai pincws o ddefnydd pinc a phinnau a nodwyddau yn sticio allan ohono nes edrychai fel draenog dur ar y wal. Ar y silffoedd cedwid amrywiol betheuach at iws tŷ. Roedd yn amlwg bod agoriad y ffenestr wedi bod yn fwy ar un adeg, oherwydd roedd silff yn y wal o dan y ffenestr yn ychwanegol at silff bren y ffenestr ei hun, a chedwid pethau ar honno hefyd.

Ymhlith y pethau hyn, priodol yn ddiamau yw rhoi'r lle blaenaf i'r Beibl Teuluaidd lle roedd cofnodion geni pob un o'r plant — y mis, y dyddiad, dydd yr wythnos ac awr y dydd neu'r nos. Ychwanegwyd yn ogystal enw'r sawl a fedyddiodd bob un o'r plant, a phryd a lle y digwyddodd hynny. Roedd rhywun, mam mae'n debyg, wedi ysgrifennu rhigymau ar y tudalennau gwag ar ddechrau a diwedd y Beibl. Rhigymau pruddaidd eu naws oeddynt gan mwyaf, rhigymau nodweddiadol o feddylfryd Cymry diwedd y ganrif ddiwethaf a dechrau'r ganrif hon, ac yn eu plith ambell englyn megis:

> Marw wna'r carw yn y coed, — a marw
>   Wna morwyn ysgafndroed,
> Marw pawb, marw poboed,
> Marw'r hyn'a a'r ie'nga' 'rioed.

Roedd aml i adnod wedi ei thanlinellu hefyd, yn Llyfr y Salmau yn arbennig.

Yn ymyl y Beibl, neu arno weithiau, roedd basged wnïo gyda'i hamrywiaeth lliwgar o bellenni gwlân a riliau o edau cotwm, incil, tâp mesur a phinnau yn rhesi taclus ar bapur pinc fel rheng o filwyr, pincas bren i ddal gweill, ynghyd â mân betheuach arall roedd eu hangen i glytio a brodio ac i wnïo botymau.

Ar sil bren y ffenestr, roedd 'na *carriage clock* o wneuthuriad Ffrengig. Roedd handlen bach ar ei ben er mwyn ei gario. Gwydr oedd ei wyneb, ei ochrau a'i gefn, ac roedd y cefn yn agor fel drws bach er mwyn i rywun allu ei weindio. Wn i ddim ar y ddaear beth ddaeth ohono, oni bai i fy nhad wneud diwedd arno, oherwydd roedd rhyw ysfa mynd i fol unrhyw beth ac olwynion ynddo yn ei gorddi yntau, fel Wil Bryan, ar brydiau.

Roedd 'na amryw fasgedi eraill i ddibenion ar wahân i gadw taclau gwnïo: y fasged fach i gadw cribau bras a mân, brws gwallt, siswrn bach, pinnau cau, a thelpyn o gŵyr melyn a fyddai'n rhoi gwytnwch a chryfder na feddyliodd ei gwneuthurwr amdano i edau rîl o'i thynnu drosto droeon. Roedd 'na fasged lestri, a basged ddillad i fynd â'r golchiad ar y lein a'u hel drachefn wedi iddynt sychu gobeithio. Ar y naill ochr a'r llall i ddrws y cefn, roedd pot llaeth a llechen gron ar ben pob un. Dŵr glân o 'bin' y pentref oedd yn y rheini. Roedd digon o ddŵr nad oedd yn gymwys i'w yfed yn rhedeg beunydd beunos yng nghefn y tŷ a hwnnw wedi ei gyfeirio o ffrwd a redai ar hyd yr allt y tu ôl i'r tŷ.

Mewn pot llaeth y cedwid y menyn hefyd, yn ogystal â lard a rhywbeth a elwid yn *margarine*, sef stwff i wneud yn lle menyn. Roedd llun ffesant ar bapur y *margarine*. Ceiliog ffesant lliwgar oedd o hefyd, yr un sbit â hwnnw a arferai 'glochdar ar dir y lord'. Mewn pot llaeth y cedwid y torthau hefyd. Mae'n debyg eich bod yn credu wrth ddarllen am yr holl botiau 'ma, bod gennym berthynas o grochenydd yn Stoke-on-Trent, ond y gwir yw bod yn rhaid wrthynt i gadw llygod i ffwrdd. Roedd llygod mawr yn blagus ar adegau. Yn nhwll tan grisiau'r grisiau mawr y cedwid cynnyrch y llaethdy, ond roedd y llygod wedi llwyddo i fynd i'r fan honno hefyd. Roedd yn rhaid rhoi llechen gron ar ben y jwg llefrith, rhag ofn i lygoden bach efelychu Cleopatra gynt, er mai prin y byddai cyn hardded â'r frenhines honno, a barnu oddi wrth y disgrifiadau chwedlonol ohoni.

Roedd yr hetar smwddio ar iws yn wythnosol, os nad yn amlach. Hetar bocs oedd o, un hen ffasiwn, a wnâi sŵn 'blic-cloc, blic-cloc' pan fyddai rhyw ddilledyn go hir, megis trôns gaeaf neu goban, neu dudded a chynfas, yn cael ei smwddio. Roedd rhaid mynd â chynnwys ei fol i'r efail o bryd i'w gilydd i gael ychwanegiad ato, oblegid byddai'n treulio wrth gael ei roi i gochi mewn tân eirias dro ar ôl tro. Cam ymlaen oedd cael twll yn ei ganol fel y gellid ei godi o'r tân â phrocer yn hytrach na chyda'r efel dân ansicr ei gafael.

Lampau a Chanhwyllau

Rwyf wedi crybwyll wrth fynd heibio mai ystafell braidd yn dywyll oedd y gegin gefn er bod dwy ffenestr ynddi, ond soniais i ddim gair sut roedd hi'n cael ei goleuo. Fel ym mhob tŷ ym mhob cymdogaeth i'r de-orllewin o Bwllheli, roedd yn rhaid dibynnu ar lampau paraffîn a chanhwyllau. Roedd 'na giás ym Mhwllheli, ond ar wahân i'r lampau a'r canhwyllau doedd gennym ni ddim byd ond yr haul a'r lleuad.

Gan mai un digon ansad oedd y bwrdd symudol yn y gegin fach, defnyddid lamp baraffîn fechan ar y mur am gyfnod. Gellid ei rhoi ar hoelen mewn unrhyw fur oblegid roedd twll bach crwn i'r diben hwnnw yn ei chefn, ond rhyw 'lamp bantri' o beth oedd hi, a doedd hi fawr o help i wneud unrhyw fath o gywreinwaith. Ond mi dynnwyd y *castors* treuliedig oddi ar draed y bwrdd symudol ac mi sadiodd drwyddo, i'r fath raddau yn wir fel y gellid mentro rhoi lamp iawn ar ei ganol.

Bowlen o wydr gwyrdd oedd i'r lamp honno a'r ddau air *Queen Anne* wedi eu llythrennu ar y 'byrnar'. Pam y frenhines honno, mwy nag unrhyw frenhines arall, wn i ddim, oni bai ei bod yn rhatach i lythrennu Anne yn hytrach nag Elizabeth — arbediad o bum llythyren! Mantais y bowlen wydr oedd y gellid gweld faint o baraffîn oedd ynddi ac felly rhyw 'fudr-glandro' a wnâi hi am noson arall heb ei hail-lenwi. Ond roedd iddi ei hanfanteision hefyd. Un anfantais oedd bod yn rhaid berwi'r byrnar bob hyn a hyn er mwyn ei lanhau a'i gael i gynnau'n iawn. Tybed mai yn oes y lamp baraffîn y dechreuwyd defnyddio'r ymadrodd, 'mae gofyn berwi ei ben o,' am rywun y daw llai nag a ddisgwylid o ddisgleirdeb o'i ben! Anfantais arall oedd y byddai'n rhaid glanhau'r gwydr o dro i dro, ac nid gwaith hawdd oedd hynny i oedolion gyda'u dwylo mawr. Rhoddid y gwaith i'r hynaf o'r plant a ddigwyddai fod wrth law, oherwydd gallai llaw fechan a dystar fynd i mewn iddo a glanhau'r darn culaf ohono. Roedd yn rhaid bod yn ofalus iawn rhag gollwng y gwydr. Onid oedd *'Made in Bavaria'* wedi ei ysgythru arno? Doedd gennym ddim syniad ble roedd y fan honno, ond busnes costus a thrafferthus fyddai cael un yn ei le pe torrid ef.

Roedd 'na lamp grandiach o lawer yn yr ystafell ffrynt. Tsieni llwyd-dywyll oedd powlen y lamp honno a rhyw ffigiarins gwyrdd a choch arni, ond ellid ddim gweld faint o baraffîn oedd ynddi — dim ond dyfalu oddi wrth y sŵn a glywid wrth ei hysgwyd. Roedd honno'n lamp 'dwbl-byrnar', a doedd dim rhaid chwythu i lawr y gwydr i wneud yn siŵr ei bod wedi diffodd, achos roedd 'na lifar bychan yn dod allan o dan y byrnar ac, wrth bwyso hwnnw i lawr, roedd dau gaead yn cau ar dyllau y ddau wic. Roedd 'na glôb wydr grand i'w rhoi am y gwydr hefyd, a phatrymau o ddail a blodau a choesau blodau wedi eu hysgythru arni. Goleuni digon gwael oedd ganddi pan fyddai'r glôb yn ei lle; gwneud argraff oedd y diben pennaf mae'n siŵr.

Clywais lawer o sôn am gannwyll frwyn a channwyll

ddimai. Bu Modryb Meri yn gwneud canhwyllau brwyn, ac yn wir roedd gennym ni yn y tŷ declyn i ddal cannwyll frwyn. Canwyllbrennau tegan a haearn oedd ar iws, er bod acw ganwyllbrennau pres yn addurno silff ben tân y parlwr ffrynt pellaf. (Roedd gennym ar un adeg dri pharlwr, sef parlwr ffrynt, parlwr cefn a pharlwr ffrynt pellaf.) Ar y canwyllbrennau haearn roedd rhywbeth tebyg i beg dillad ar ei fflat i ddal y gannwyll yn ei thwll rhag iddi ysgwyd a pheri i wêr golli dros bob man. Os byddai twll y ganhwyllbren yn rhy fawr i fôn y gannwyll, gellid rowlio stribed o bapur newydd am fôn y gannwyll i wneud iddi ffitio'n dynn. Roedd hynny'n sicrach o lawer na thrio ei sefydlogi gyda thair coes matsen dreuliedig. Clywais ddweud mai rhywun o ochrau Gyrn Goch, ger Clynnog Fawr, oedd wedi dyfeisio'r teclyn gwasgu hwnnw.

Yr olaf i'r gwely oedd yn gyfrifol am ddiffodd y gannwyll. Roedd yn rhaid chwythu'n union ar y fflam, ac weithiau byddai arogl y wic yn mudlosgi ar ôl i'r gannwyll gael ei diffodd. Ambell dro, byddai lleidr, sef darn o wic heb lwyr losgi yn disgyn i'r gwêr poeth a byddai'r gannwyll yn rhedeg. Canlyniad hynny oedd colofn wen o wêr ar hyd y gannwyll, neu weithiau ddwy golofn o wêr a'r rheini'n ffyrfach yn eu gwaelod — ond rhywbeth i'w ochel oedd peth felly.

Wrth gwrs, doedd na lamp na channwyll yn dda i ddim heb fatsys i'w goleuo. Oni bai eich bod wedi darparu sbils, wrth gwrs, ac roedd gwneud sbils yn grefft arbennig, crefft roedd Anti Jên yn rhagori ar bawb ynddi. Allan o stribedi o bapur newydd, gwnâi hi sbils digon o ryfeddod, pob un cyhyd â'i gilydd a phen pob un wedi ei blygu'n daclus nes bod casgliad ohonynt ynghyd mewn llestr yn addurn ar ochr yr aelwyd.

Fel rheol, byddai bocs matsys yn y ganhwyllbren, ond nid pan eid â hi i fyny'r grisiau i fynd i'r gwely yn y nos. Roedd 'na fatsys mawr erstalwm a bocsys mawr i'w dal hefyd. *Cricket* oedd un math, ac ar y bocs roedd llun dyn barfog yn sefyll o flaen wiced â'i fat yn ei law. Yr awgrym oedd mai dyna'r matsys a ddefnyddiai'r cricedwr enwog W. G. Grace yn anad yr un math arall. Roedd y matsys hynny'n rhai ffyrfion ac yn hwy na rhai heddiw, yn 'feibion Anac' o fatsys. Roedd rhai llai i'w cael mewn bocs fflatiach; llond bocs o rai bach twt ynghyd â stribed gul o gardbord melyn ar hyd un hyd i'r drôr rhag iddynt lithro allan. Llun alarch oedd ar y bocs a *Swan* oedd yr enw. *Swan Vestas* oedd yr enw llawn arnynt. Roedd gan *Swan* hefyd rai â'u coesau wedi eu gwneud o gotwm a hwnnw wedi ei orchuddio â gwêr; *Swan Wax Vestas* oedd y rheini, ac roeddwn i'n arfer meddwl eu bod yn fatsys arbennig iawn. Cochion oedd pennau y rhan fwyaf o fatsys bryd hynny, ond roedd rhai i'w cael gyda phennau mwy o lawer na rhai cyffredin a'r rheini o wahanol liwiau, ond pethau i'w cael mewn tref yn hytrach nag mewn siop bentref oedd y rheini.

Roedd 'na 'seffti' matsys ar gael hefyd. Rhyw bethau efo pennau brown oedd y rheini, a'u drwg oedd bod yn rhaid mynd â'r bocs allan efo chi gan na thanient ar ddim byd arall. Doedd dim modd eu tanio wrth eu tynnu ar hyd y tu ôl i'ch clun, fel y gwnâi'r cyfarwydd efo matsien gyffredin.

Sgwâr y Pentref

Rydw i wedi treulio hen ddigon o amser yn tŷ ni ac mae hi'n hen bryd troi'n ôl i'r pentref am dro. Beth ydy pentref, deudwch? Ai'r tai eu hunain, ynteu'r lle gwag sydd rhyngddynt? Gellid dadlau am hydoedd heb fod uwch baw sawdl ar fater fel'na, felly yn syth yn ein holau â ni.

Roedd 'na le agored ynghanol y pentref, a hwnnw ar ffurf sgwâr fwy neu lai, sgwâr eithaf helaeth na fyddai rhaid i bentref llawer mwy fod cywilydd ohono. Wyneb yr ysgol a'r wal o'i blaen oedd ochr uchaf y sgwâr; wal y siop, talcen hen weithdy'r gwehydd, yr hen weithdy a hyd o glawdd pridd oedd yr ochr chwith at i lawr, a wal y fynwent oedd yr ochr dde at i lawr. Doedd 'na ddim lein syth ar waelod y sgwâr, roedd fel pe bai'r ochr chwith a'r ochr dde yn dod at ei gilydd fel gwaelod twmffat yn arwain at bont y pentref.

Er ei faint, prin oedd y defnydd a wneid o'r sgwâr yn fan ymgynnull. Fe'i defnyddid yn lle chwarae gan blant yr ysgol yn aml — doedd dim gwaharddiad ar chwarae yn y lôn bryd hynny — ac ar rai adegau byddai yn lle prysur, yn arbennig yn yr hydref pan fwriai'r coed siacan eu dail. Yn y fynwent, ar bwys y wal, y tyfai'r coed siacan, ac oherwydd hynny byddai hanner eu dail gwyw yn garpɐd trwchus tua dwylath o led wrth sawdl allanol y wal.

Chwarae diwrnod dyrnu y byddid gan ddefnyddio'r dail yn ysgubau ŷd. Dewisid un bachgen i fod yn ddyrnwr ac un arall i fod yn injan ddyrnu. Y gorchwyl cyntaf oedd symud y dyrnwr, a'r injan wrth gwrs, i ymyl wal y fynwent, ac wedi hynny gosod y ddau yn eu lle. Roedd yn rhaid cael ceffylau i'w tynnu a byddai pedwar neu bump o fechgyn yn gwneud gwedd, yr ail fachgen â'i ddwylo ar ysgwyddau'r cyntaf, y trydydd â'i ddwylo ar ysgwyddau'r ail a'r gweddill yn yr un ystum hyd at y ceffyl bôn.

Roeddid, cyn gosod y dyrnwr a'r injan yn eu lle, wedi hel digon o ddail crin a hanner crin i wneud tas neu ddwy a'r rheini'n deisi digon swmpus. Pan oedd y dyrnwr a'r injan yn eu lle, gosodid y strap o'r injan i'r dyrnwr a gwneud i'r injan chwibanu drwy dynnu yng nghlust y bachgen a gynrychiolai'r injan. Roedd hyn yn hysbysu'r 'ffermwyr' cyfagos ei bod yn bryd iddynt naill ai ddod eu hunain, neu anfon rhywun drostynt, i helpu efo'r dyrnu. Chwibaniad arall gan yr injan a dyna ddechrau ar y dyrnu. Y dyrnwr yn codi ei freichiau a chledrau ei ddwylo at i fyny, hyd at lefel ei benelinoedd, ac yn eu codi a'u gostwng rhyw chwech neu wyth modfedd bob yn ail. Yn y crafangau hyn dodid swp gweddol fawr o'r crinddail a byddai rhaid i'r dyrnwr wneud sŵn, 'mwm-mwm-mwm-mwm' i ddynwared sŵn dyrnwr iawn. Pe digwyddai i'r dail fod yn fudr a thamp, welsoch chi erioed well chwarae am faeddu ffrynt jersi neu grysbais!

Mi soniaf am yr ysgol yn nes ymlaen a rhoi sylw ar

hyn o bryd i'r hen weithdy. Mae gen i gof bach amdano mewn iws gan saer coed, ond wedi i'r saer symud i ardal arall bu'r adeilad yn wag am flynyddoedd a dechreuodd ddadfeilio a daeth amryw o sglaets i lawr o'i do.

Roedd 'na slabiau cerrig mawr fflat wedi eu gosod ar eu pennau i wneud wal o flaen y gweithdy. Doeddan nhw ddim yn rhy fawr chwaith i'r hogiau mwyaf eu defnyddio'n eingionau i wneud llechen gron allan o bob sglatsian oedd wedi disgyn o'r to. Ymhen amser, sylweddolodd rhywun bod mwy o sglaets ar goll o do'r gweithdy nag a ellid ei briodoli i ddadfeilio naturiol, a dyna derfyn ar y gêm honno o wneud llechi crynion.

Bu'r hen weithdy yn wag am ysbaid arall hyd oni thrwsiwyd tipyn arno a'i osod ar rent i fod yn stabl i'r 'Stalwyn Cymdeithas'. Mae'n debyg i'r enw hwnnw gael ei ddefnyddio am mai nifer o ffermwyr oedd wedi ymuno i brynu stalwyn a'i gerdded o ardal i ardal i wasanaethu'r cesig. Hyd heddiw, rydw i'n dal i synnu sut roedd anifail mor gryf a chyhyrog yn goddef cael ei dywys gan ewach o ddyn. Roedd yn greadur gwerth ei weld, ei gynffon wedi ei phlethu a'i fwng yn rubanau gwyrdd, coch, glas a melyn. 'Ca'lyn stalwyn' oedd swydd y dyn a edrychai ar ei ôl, a byddai chwarae 'ca'lyn stalwyn' hefyd os ceid gafael ar dipyn bach o frêd gwahanol liw i arwisgo'r bachgen a oedd am fod yn stalwyn. Tywysid ef gerfydd llabed ei gôt ac roedd disgwyl iddo fedru gweryru a hefyd bystylad ag un o'i draed.

Daeth dyddiau 'ca'lyn stalwyn' i ben wedi dyfod y tractorau a chyn hir dechreuodd yr hen weithdy, neu'r hen stabl erbyn hynny, ddadfeilio drachefn. Yn y diwedd cafodd ei dymchwel, ac fel y dywed y Beibl am greadur o ddyn, 'ei le nid edwyn ddim ohono'.

Roedd chwarae joci hefyd yn chwarae poblogaidd yn ei dro. Ar gyfer y gêm honno, roedd rhaid cael gafael ar bytiau o linyn i'w rhoi ym mhennau ei gilydd i wneud dolen hir, hir. Doedd dim rhaid i'r llinynnau i gyd fod yr un math, gellid defnyddio llinyn main a llinyn ffyrf i wneud lein. Dodid lein dros ben y 'ceffyl' neu'r 'ebol' a than ei geseiliau yn rêns hir i'r joci fynd â fo ar hyd y lôn i helpu i'w dorri i mewn. Disgwylid i'r ceffyl neu'r ebol strancio tipyn weithiau er mwyn i'r joci gael cyfle i ddangos ei fedr, ond ni ddefnyddiai'r joci y chwip oedd ganddo yn ei law, dim ond coegio ei ddefnyddio a rhoi clec gyda hi os byddai wedi rhoi cwlwm ar ben y slaes.

Wrth fynd am dro fore heddiw, gwelais gatrisen wag yn y glaswellt ym môn y clawdd a chofio fel y byddem yn blant yn casglu cetris gweigion. Maent yn bethau digon prin ar fin y ffordd heddiw, ond nid felly roedd hi gynt. Roedd gwn tan ddistyn yn y mwyafrif o geginau ffermydd, gwn twelf-bôr, sengl neu ddwbl baril. Roedd cetris lliw oraens a rhai cochion, ac weithiau un las hyd yn oed. Roedd y sawl a allai gael pedair i'w rhoi dros bedwar bys ei law yn dipyn o fôi, ac yn 'jarff' garw os câi fwy na hynny. Byslawiau digon anghelfydd oedden nhw hefyd, ond gellid clecian bysedd yn llythrennol efo nhw.

Dyna ni wedi cael cip ar sgwâr y pentref, ond heb edrych dros wal y fynwent hyd yma. Daw cyfle i fynd i'r fynwent yn y bennod nesaf — os byw ac iach!

Mynwent y Llan

Roedd 'na adeg pan oedd pawb yn mynd i'r fynwent yn hwyr neu hwyrach a, gwaetha'r modd, âi rhai yno am byth a hwythau'n ifanc. Bellach nid yw hynny'n wir gan fod dull arall o ddelio â'r hyn sydd farwol ohonom, a'r dull hwnnw'n ddim ond gwelliant ar syniad yr hen Ddoctor Price erstalwm.

Pan soniais i am fynd i'r fynwent ar ddiwedd y bennod flaenorol, mynd a dŵad oedd gen i dan sylw. Felly y byddem ni, blant y pentref, yn ei wneud lawer gwaith mewn wythnos, ac yn wir, aml dro mewn diwrnod ar adegau. Fyddem ni ddim yn chwarae llawer yno chwaith. Âi'r bêl dros y wal a byddai rhaid i rywun ddringo i'w chyrchu'n ôl. Roedd 'na giât i'r fynwent, ond anaml yr aem drwy honno. Roedd hi'n drom ac yn anodd i'w hagor am fod ei cholyn wedi dod o'i le. Felly roedd hi'n rhygnu dros yr hen rêlings haearn oedd ar eu fflat dros dwll dwfn rhwng y ddau gilbost. Byddai merched yn gwylio rhag colli sawdl yno. *Cattle grid* fyddai'r enw ar beth felly heddiw, mae'n siŵr. Doedd gennym ni ddim enw arno, ond roedd gennym syniad beth oedd ei ddiben, sef cadw gwartheg rhag mynd i fwyta dail sychlyd y coed yw a dyfai yn ddwyres dal o bobtu'r rhodfa a arweiniai at ddrws yr eglwys. Roedd dail yr ywen yn wenwynig, meddid, a chyfrifoldeb perchennog gwartheg oedd eu cadw o'r fynwent. Roedd yr eglwys wedi gwneud ei rhan wrth gloddio a darparu *grid* o dan y giât.

Wedi i ni dyfu tipyn a dysgu darllen, arweiniai chwilfrydedd ni i'r fynwent i ddarllen yr hyn oedd ar y cerrig beddi. Roedd 'na un a ystyriem ni yn hen iawn yn ôl ei golwg. Roedd hi'n gennog lwyd gan henaint ac roedd yr arysgrif arni'n hynod aneglur. Carreg heb ei naddu ryw lawer oedd hi, a safai fel bôn postyn ymhlith y beddau eraill. Trwy graffu a byseddu, credem i ni daro ar y dyddiad y trengodd pwy bynnag a orweddai dani. 1631 oedd y dyddiad hwnnw, ac i blant naw a deg oed, roedd hynny'n swnio'n anhygoel o bell yn ôl. Hyd heddiw nid oes gennyf y syniad lleiaf pwy oedd y sawl a gladdwyd yn y bedd hwnnw.

Roedd yn y fynwent lawer o feddau, neu feddi fel y dywedem ni, heb feini arnynt o gwbl a'r rheini, fel y dywed y bardd am fedd arall yn rhywle, yn ddim ond, 'Twmpath gwyrddlas gwyd ei ben'. Roedd llawer ohonynt wedi eu sarnu'n fflat, oblegid tipyn yn anhrefnus oedd y torwyr beddi wrth eu gwaith flynyddoedd yn ôl. Llechi oedd y rhan fwyaf o'r beddfeini, er bod yno rai o farmor gwyn nad oeddynt yn gydnaws â'u hamgylchfyd. Roedd yno rai cistfeini hefyd a byddai'r rheini yn gynnes braf i eistedd arnynt yn yr haf. Yng nghongl isaf ochrau rhai o'r rheini, roedd drws neu agoriad bach i alluogi eu gwneuthurwyr i roi'r peg olaf a ddaliai'r adeilad wrth ei gilydd yn ei le, yn ôl pob tebyg. Roedd cistfaen felly yn lle ardderchog i guddio rhyw declyn bach neu degan ar y slei.

Roedd 'na un neu ddau o feddau efo rêlings mawr o'u

41

hamgylch a'r rheini'n edrych yn debycach i gaetsys
llewod na dim arall i ni'r plant. Ond, wrth gwrs, doedd
y fynwent ddim yn gladdfa i'r un teulu bonheddig a
ffynnai yn ein cyfnod ni.

Ar rai o'r cerrig beddi roedd englynion neu benillion
yn mynegi hiraeth, gobaith am fywyd gwell,
canmoliaeth, neu dro arall yn cwestiynu'r drefn. Dyma
esgyll yr englyn ar fedd Robert Jones, Rhos-lan:

'Er y llwgr a'r hyll agwedd
Onid gwych fydd newid gwedd?'

Ar un garreg roedd coffâd am ddyn ieuanc a laddwyd
yn y Rhyfel Mawr fel y gelwid rhyfel 1914-18. Wn i
ddim, neu nid wyf yn cofio, a oedd ei gorff o dan y
garreg ai peidio, ond credaf mai englyn o'r gyfres enwog
o englynion i goffáu Hedd Wyn oedd ar y garreg, a bod
y ffaith honno wedi ei chydnabod hefyd. Y tu fewn i'r
eglwys roedd coffâd am un a fu'n milwrio lawer
cenhedleth ynghynt na chyfnod y Rhyfel Mawr, ond yn
Lladin roedd hwnnw, ac nid oedd gennym ddigon o
grap ar Ladin i wneud pen na chynffon ohono, er y
gellid casglu mai un o deulu a ddaliai gysylltiad â
Saethon mewn rhyw oes bell oedd gwrthrych y coffáu.

Na, doedd gennym ni blant ddim yn erbyn mynd i'r
fynwent. Roeddem ni wedi ein magu yn ei hymyl.
Byddem yn mynd i weld y torrwr beddau yn agor bedd
newydd ac yn rhoi help llaw iddo 'sbydu' neu
ddihysbyddu'r bedd, ac roedd hynny'n orchwyl y
byddai'n rhaid ei wneud i'r mwyafrif o'r beddau a
dorrid yn y fynwent honno. Doedd yn ddim gennym
fynd i lawr i waelod bedd a dringo allan ohono, ac mae

hynny'n dwyn i gof ran o farwnad Robert ap Gwilym
Ddu i'w unig ferch a fu farw'n ddwy ar bymtheg oed:

> 'Lloer ifanc mewn lle rhyfedd,
> Gwely di-barch, gwaelod bedd.'

Y Tai Allan

Yn union fel y daw hen gi neu golomen adre'n ôl, dyma finnau'n dychwelyd i'n 'Tŷ Ni' i sôn ychydig yn rhagor am yr hen adeiladau hynny oedd yng nghefn y tŷ.

Waeth i mi ddechrau fel y gwnâi postman a chychwyn ar y chwith efo'r coetsiws. *Coach house,* yn wir! Doedd yr un goets ar gael i'w chadw yno ac eithrio'r goets bach a gâi ei chadw yno nes daeth blynyddoedd planta i ben. Roedd yn ychwanegiad mwy diweddar na'r stabl oblegid to sinc oedd arno tra oedd llechi ar do'r stabl a'r gegin allan, a byddai rhaid rhoi côt o gôl-tar iddo pan ddeuai rhwd i'r golwg. Llawr pridd oedd iddo a dwy ddôr i'w gau, bar ar un a stwffwl i'w dderbyn ar y ddôr arall. Roedd y fynedfa yn ddigon llydan i gerbyd, a'i lawr hefyd yn ddigon helaeth yn ôl safonau'r oes honno. Gwelais fen a dau gar wedi eu rhoi yno yn ddiweddarach, ond roedd hynny wedi golygu cryn dipyn o stryffîg i rywun, mae'n sicr. Roedd iddo ddrws arall cyffredin, i fynd i mewn ac allan pan nad oedd y dorau mawr ar iws.

Rhyw storws i bob math o geriach oedd o pan oeddem ni'n blant. Ar dywydd gwlyb, roedd yn lle da i chwarae ynddo, ac yn siambr sorri hwylus pan oedd un ohonom wedi cael cosb am wneud drwg. Roedd yno hen ddesg ysgol, un ddigon hen i fod wedi dod o ysgol

Robin Sowldiwr debygwn i, ac roedd llawer o fwynhad i'w gael wrth ddefnyddio honno i amryw ddibenion. Desg i blant oedd hi, nid desg athro, un ddigon hir i bump neu chwech o blant eistedd wrthi, ac roedd yn un soled iawn er yn arw ei hwyneb. O gael gafael ar hen olwyn beic ddi-deiar heb lawer o dafliad ynddi, gellid ei defnyddio fel troell i droi rîl neu ddwy wedi eu gosod ar hoelion yn yr ystyllen hir oedd yn ffrynt i'r ddesg. Y cwbl oedd eisiau oedd hyd go dda o linyn, heb ormod o glymau ynddo, o'r olwyn beic i'r rîl gyntaf; gwnâi llinyn meinach y tro yn strap o rîl nymbar wan i rîl nymbar tŵ. Roedd cael trydedd rîl i weithio yn rhy gymhleth i'r peirianwaith a byddai'n taflu ei strap yn amlach na pheidio.

Ar fach y walbant yn y coetsiws, cedwid dau neu dri chryman ynghyd â'r ffyrch pren oedd yn perthyn iddynt. Er mwyn diogelwch, mae'n debyg, y dodid hwy yno, ond mewn gwirionedd roedd yn arferiad peryglus, oherwydd gallai plentyn, wrth fachio am rywbeth arall, dynnu cryman ar ei ben.

Yn uchel ar y pared, roedd fy mrawd mawr wedi gosod cwpwrdd bach pren wedi ei wneud o hen focs sebon a darn o strap lledr yn ddau 'hinjin' ar y drws a bachyn giât i'w ddal ar gau. Wedi ei beintio mewn paent arian ac mewn llythrennau breision anghelfydd ddigon roedd yr wythfed gorchymyn, 'Na Ladrata'. Yr hyn roedd fy mrawd wedi ei anghofio oedd mai yn y coetsiws y cedwid yr ysgol hefyd, ac y gallai hogyn bach a amheuai fod sigarets yn y cwpwrdd, ddefnyddio'r ysgol i gyrraedd y guddfan waharddedig. Doedd dim sigarets yno chwaith pan lwyddais i'w gyrraedd a'i agor!

Yn y coetsiws y cedwid y beics hefyd, wel, dau feic a bod yn fanwl. Roedd un mewn cyflwr pur dda, bron yn newydd, a'r llall wedi gweld dyddiau gwell ond yn dal yn farchogadwy. Defnyddiai fy nhad yr un gorau ynglŷn â'i waith ac roedd y llall yn *stand-by*. Gyda'r beics y cedwid y ferfa pan oedd hi'n newydd, ond wedi iddi heneiddio tipyn a cholli ei pharch, cedwid hi allan ar bob tywydd.

Ar fach yr walbant roedd dau beth diddorol arall, sef dwy lamp plisman. Synnwn i ddim nad rhai felly'n union oedd gan y *Bobbies* neu'r *Peelers* cyntaf! Pwt o gannwyll oedd ffynhonnell y golau, ond roedd arnynt y *bull's eyes* gyda'r mwyaf a welais erioed. Roedd clip ar gefn y lamp er mwyn i'r plisman allu ei chario ar ei felt. Gellid troi top y lamp er mwyn cuddio'r golau pe bai angen. Byddwn yn cael mynd ag un efo mi pan awn i nôl llefrith ar ddiwedydd o hydref, er bod ei chario hi a'r piser bach ar yr un pryd yn waith digon anhylaw. Drwg y lamp oedd bod ei thop yn mynd yn chwilboeth ac y gellid llosgi'n hawdd wrth ei chario; roedd hi'n fwy o gwmni nag o oleuni ac yn fwy o niwsans nag o help.

Dau neu dri cham oedd 'na o ddrws y coetsiws i ddrws y stabl. Roedd yn ddrws stabl iawn hefyd efo drws isaf a gorddrws gyda thwll bach i roi bys drwyddo i godi'r glicied neu'r bariwn fel y galwem ni ef. Roedd dwy stôl a'u meinsieri yn y stabl a lle ar gyfer stôl arall. Roedd yr ail stôl o'r drws yn llawn dop o hen geriach, yn focsys, yn blanciau, rhaw a fforch deilo a phetheuach felly, ond gellid rhoi anifail yn y stôl gyntaf. Roedd 'na blatfform wedi ei godi dros hanner y stabl a hwnnw oedd ein llofft stabl ni. Geriach oedd yn honno hefyd, darnau o gychod gwenyn, rowlyn o hen *oil-cloth*, picwarch a fforch codi tatws. Ond y peth mwyaf diddorol i mi, fel i blant ymhob cenhedlaeth, oedd gwn. Ie, yn wir. Reiffl soldiwr go iawn, *as issued to the soldiers of Her Imperial Majesty*. Ac nid y cwîn sydd wrthi rŵan, ond yr hen Victoria ei hun. Un o arfau Rhyfel y Boeriaid, os nad Rhyfel y Crimea, oedd y gwn hwnnw, debygwn i, a barnu ar ei olwg. A nefi, mi roedd o'n drwm, ond doedd 'na ddim bwledi i'w cael i'w ffitio wrth lwc.

Pedwar neu bum cam o ddrws y stabl a dyna ni wrth ddrws y gegin allan, a dyna le cyfleus oedd hwnnw. Roedd yno le tân agored lle berwid y pwdinau 'Dolig, ac y twymid y dŵr golchi bob bore Llun, ac y cresid y bara ceirch ar y radell. Roedd yno bopty hefyd lle cresid bara'n wythnosol, ac y rhostid yr ŵydd ddiwrnod 'Dolig, a lle byddai dwsinau o fins peis yn cael eu coginio ychydig cyn y 'Dolig yn barod i'w rhoi'n anrhegion i hwn a'r llall. Un tipyn yn dymherus oedd y popty er hynny. Weithiau, yn dibynnu ar y gwynt, byddai'n gwrthod yn lân â thynnu, a doedd waeth faint fyddai rhywun yn crafu ar ei ben wrth dynnu'r nobyn yn ôl ac ymlaen. Ond ar ddiwrnod arall, pan oedd hwyl tynnu arno, âi ei waelod yn gochboeth a byddai'r torthau'n cipio. Roedd gofyn cael stôcer profiadol i edrych ar ei ôl yn iawn!

Pe genid llo ar un o ffermydd y gymdogaeth agos a hithau'n digwydd bod yn ddiwrnod crasu, caem ddysglaid o bwdin llo bach. Beth yw'r gwahaniaeth rhwng crasu a rhostio, tybed? Beth a wneir efo pwdin reis — ei grasu neu ei rostio? Mi gewch chi ddrysu'ch pennau efo'r mater, er mae'n debyg y dowch chi allan o'r picil drwy ddweud cwcio!

Yn y gegin allan roedd y bwrdd mawr. Un soled oedd hwnnw, o wneuthuriad lleol, reit siŵr, ac roedd dwy ddrôr ynddo. Yn un o'r drorau cedwid yr arfau; morthwyl, gefail-bedoli, pinsiars, wimbladau o wahanol faintioli, rhathell neu ddwy, plaeniau, hoelion, myniawyd, rhyw bethau fflat i fesur trwch gwifrau, sbarblis, spôc-shêf neu ddwy, *boot-protectors* — holl daclau DIY yr oes o'r blaen. Roedd y drôr arall yr un mor llawn o fân betheuach megis clipiau i'w rhoi ar fframiau i'r cychod gwenyn a hydoedd o fframiau i'w rhoi wrth ei gilydd yn ôl y galw. Roedd 'na silffoedd yn y gegin allan hefyd ac ar y rheini y cedwid y potiau jam cartra, yn eirin, riwbob a chyrains duon a chochion. Ar y silffoedd hynny hefyd roedd y picls a'r marmalêd, y *chutney* a'r picalili, ynghyd â photiad o saim gŵydd yng nghongl y silff isaf. Ar ben y silffoedd roedd jac-y-mwg — megin i chwythu mwg i dawelu'r gwenyn adeg tynnu mêl neu unrhyw ymhel â'r cwch gwenyn. Roedd 'na fwrdd arall yn y gegin allan, un ysgafn y gellid ei symud yn hwylus a byddai gofyn gwneud hynny'n aml yn yr haf, fel y caf egluro yn nes ymlaen.

Yn y gegin allan y cedwid y glo. Certid y glo o Edern gan Siôn a'i gaseg wen, neu'i ferlen wen, mae'n debyg. Câi'r ferlen seibiant bach yn y stabl tra byddai Siôn yn cael cwpanaid o de ac wy wedi ei ferwi a brechdan jam. Roedd yn rhaid cario'r glo o dalcen y tŷ mewn bwcedi. Roedd 'na lo iawn i'w gael pryd hynny, yn glapiau mawr a gwythienni 'aur' yn rhedeg drwyddynt. Deuddeg swllt a chwe cheiniog oedd pris hanner tunnell o lo wedi ei ollwng yn domen yn nhalcen y tŷ. Er, mi ddywedodd Ifan Roberts wrthyf ryw dro, y ceid tunnell am dri swllt ar ddeg ond mynd i'w nôl i Borthsgadan pan laniai'r llong bach yno. A sôn am long bach, mi glywem gorn y stemar bach, fel y clywem gloch Eglwys Mellteyrn a chloch ginio Trefaes Fawr. Roedd yn rhaid i'r gwynt chwythu o'r cyfeiriad iawn cyn y gellid clywed y pethau hyn. Clywem hefyd, ar adegau, sŵn y môr yn crafu ym Mhorth Neigwl, un ai yn Nhrwyn Cilan neu wrth droed y Rhiw, ac ar arwyddion felly y sylfaenid y rhagolygon tywydd lleol yn y cyfnod hwnnw.

Dechrau Ysgol

Flynyddoedd yn ôl ceid trafferth pan ddôi'n amser i blentyn ddechrau mynd i'r ysgol. Roedd gollwng gafael ar linynnau ffedog mam yn gam bras ac anodd.

Trwy ryw fath o dwyll y caed fi i'r ysgol, a hynny'n ddigon didrafferth. Roedd Mrs Evans, athrawes yr ysgol bach, yn byw yn y tŷ nesaf i ni. Un diwrnod braf o haf a minnau yn bedair oed, dyma Mrs Evans yn galw. Chwarae yng nghyffiniau'r drws ffrynt roeddwn i. Roedd ganddi focs cardbord reit fawr o dan ei chesail. Erbyn hyn roedd mam wedi dod o rywle, yn ddamweiniol yn ôl pob golwg, ac wedi agor y drws. Roedd 'na basej reit llydan yn mynd o'r drws allan heibio i ddrws y rŵm ffrynt i'r gegin. Wel i chi, dyma Mrs Evans yn tynnu rhyw bethau o'r bocs a gosod rhyw gylch ar lawr y pasej. Wedyn dyma hi'n estyn injan trên bach a thri neu bedwar o gerbydau a'u bachu y tu ôl i'r injan, weindio honno wedyn ac i ffwrdd â nhw rownd a rownd ar y rheiliau bach.

Doedd gan Mrs Evans ddim amser i chwarae'n hir achos roedd arni eisiau mynd â'r trên bach yn ôl i'r ysgol er mwyn i'r plant gael chwarae efo nhw! A dyna sut y daliwyd fi. Os pethau felly oedden nhw'n wneud yn yr ysgol, roedd yn lle delfrydol i hogyn bach. Roeddwn wedi fy nghyfareddu'n llwyr a thrannoeth euthum o'm gwirfodd i'm hoffrymu fy hun i ddisgyblaeth yr ysgol fach.

Trwy'r un drws ag a ddefnyddiai'r genethod yr eid i mewn i'r ysgol fach; onid oedd y geiriau GENETHOD A BABANOD mewn llythrennau concrid uwchben y drws? Wedi mynd drwy'r drws, cyrhaeddid ystafell a dwy res o begiau ar ddau o'r muriau ac ychwaneg o begiau ar ffrâm bren yn ymestyn o'r llawr i'r nenfwd. O dan y ffenestr roedd pedair neu bump o bethau tebyg i ddysglau ymolchi, ac wrth droi rhyw nobyn bach deuai ffrwd o ddŵr glân y gellid ei gronni yn y dysglau allan o beipen. Cyn belled ag y gallwn i ddeall, yr enw ar y lle hwnnw oedd 'crocrwm'.

O'r 'crocrwm' yr eid i'r ysgol fach a chylch dylanwad Mrs Evans. Roedd yno bedwar dosbarth ar gyfer yr amrywiaeth o ddisgyblion. I'r newydd-ddyfodiaid roedd 'standar nôt bach' ac yna 'standar nôt mawr'. Byddid yn esgyn wedyn i'r 'second clas' ac yn olaf i'r 'ffyrst clas'. Doedd cwricwlwm neu gynllun gwaith 'standar nôt bach' ddim yn uchelgeisiol iawn a chyfnod gweddol fyr a dreulid yno.

Rhoddid i bob plentyn ryw fath o hambwrdd bychan gyda thipyn o dywod wedi ei daenu ar ei wyneb, a'i ddysgu i wneud rhiciau â'i fys yn y tywod. Os oes rhai ohonoch yn hen athrawon neu athrawesau — hynny yw yn rhai hen mewn profiad — fe gofiwch am y stŵr ynglŷn â *visual aids* neu gymorth gweledol, a'r sylw mawr a roddid iddynt yn y pumdegau cynnar. Doedden nhw ddim yn bethau newydd o bell ffordd. Tywod a bys oedd *visual aids* Iesu Grist. Mae'n siŵr y cofiwch chi'r hanes amdano yn dysgu gwers i'r Ysgrifenyddion a'r

Phariseaid ar gownt y wraig honno oedd wedi gwneud drwg. 'Eithr yr Iesu wedi ymgrymu tua'r llawr a ysgrifennodd â'i fys ar y ddaear.'

Rhan arall o'r cyfarpar i helpu disgyblion 'standar nôt' oedd stribedi cul, fflat, o blwm goelia i, a'r rheini wedi eu rhoi mewn llewys o frêd coch, melyn, gwyrdd a glas. Roeddynt yn hyblyg iawn a gellid eu plygu i ffurfio siapiau llythrennau. Roedd yno hefyd hydoedd o edafedd o wahanol liwiau yn gymysg, a'r dasg oedd rhoi y cochion, y gleision, ac ati efo'i gilydd. Roedd yno rywbeth tebyg i ddarn o staes mam a charrai i'w gau at ei gilydd. Roedd y garrai wedi ei rhoi drwy'r ddau dwll cyntaf a'r dasg oedd cario ymlaen i gael y ddau ddarn at ei gilydd.

I ddysgu cyfrif roedd 'na resi o fwclis ar weiars mewn ffrâm, rhai coch, glas, melyn, gwyrdd a gwyn. Deg o fwclis oedd ymhob rhes a gellid eu symud ar hyd y weiars fesul un, fesul rhywfaint i fyny hyd at ddeg neu'r cwbl efo'i gilydd. Wedi cael tipyn o ymarfer efo hwnnw, roedd gan blentyn syniad gweddol dda am gyfansoddiad grŵp o ddeg. Deuthum i ddeall wedyn mai 'abacws' oedd enw'r teclyn, a darllenais fod y Tseiniaid yn ei ddefnyddio yn eu siopau i wneud syms cymhleth iawn hyd yn ddiweddar.

Ymhen tipyn bach, wedi mynd drwy 'standar nôt bach', ceid dyrchafiad i 'standar nôt mawr'. Yno dysgid y plant i ysgrifennu ar lechen efo carreg nadd, neu 'garra-na' fel y gelwid hi. Anodd oedd cael y bysedd bach i ddal y 'garra-na' yn iawn, ac oni wneid hynny fe wnâi sŵn a ferwinai'r glust. Cystal cyfaddef y gwneid hynny'n fwriadol ar ôl magu peth medrusrwydd a hynny o ran cythreuligrwydd yn unig. Ar ôl ysgrifennu rhywbeth nad oedd o 'dragwyddol bwys', fel y dywedir, roedd rhaid llnau'r llechen. Y ffordd naturiol o wneud hynny oedd poeri arni a rhwbio'r ysgrifen ymaith efo godre llawes. Doedd hwnnw ddim yn arferiad a gâi ei gymeradwyo. Dylid defnyddio clwt llechen go iawn. Roedd hwnnw'n ddefnyddiol wedi iddo gael gwlychiad oddi ar y 'sbwnj' swyddogol oedd wedi ei osod ar flaen ffon hir. Gwell na hynny hyd yn oed oedd bod yn hunan-gynhaliol a chael gafael ar hen botel sent a'i llenwi efo dŵr. Gellid dychmygu bod peth o sawr y sent yn dod i'r ffroenau wrth sbrinclo'r dŵr ar y llechen.

Roedd dau fath o lechen ar iws, ond llechen wedi ei fframio oedd yr un fwyaf cyffredin. Carreg nadd gyffredin a ddefnyddid i ysgrifennu ar honno, ond gellid ysgrifennu efo darn o graig o ben Bwlch y Llan hefyd. Rhagoriaeth honno oedd y byddai'n ysgrifennu'n goch neu'n felyngoch weithiau. Ni chymeradwyid defnyddio honno oblegid digon di-siâp oedd hi i'w dal rhwng bys a bawd plentyn bach.

Dim ond efo carreg nadd sebon y gellid ysgrifennu ar y math arall o lechen. Wn i ddim pam sebon chwaith, oni bai am ei bod yn llithrig fel sebon i'r afael. Nid carreg gyffredin oedd y llechen honno, ac roedd ei hwyneb yn llyfnach na wyneb llechen gyffredin. Nid wyf yn credu iddi lwyddo i ennill ei phlwyf yn erbyn y llechen draddodiadol.

Tra byddai plant 'standar nôt' bach a mawr yn brysur wrth eu gwaith, pa un ai'n ysgrifennu yn y tywod neu'n cau staes, clywid y disgyblion hŷn yn llafarganu rhyw *Ding dong bell* neu *Jack and Jill* neu *Mary had a little lamb,* a byddent hwythau yn eu dysgu'n ddiarwybod.

Wedi bwrw tymor ar waelod yr ysgol fel petai, ceid dyrchafiad i'r 'second clas'. Yno, roedd yn rhaid gwneud syms go iawn ar y llechen. Syms adio a thynnu oedd y rheini, ac wedi tynnu pob rhif unigol allan o ddeg, eid ymlaen efo'r *carry one.* Rwyf yn meddwl mai'r dull a elwid yn ddiweddarach yn *Decomposition* a ddysgid. Rhywbeth diweddarach oedd y dull a elwir yn *Equal Addition.* A dweud y gwir, nid oes gennyf erbyn hyn fawr o glem ar y naill na'r llall, ond mi wn bod rhyw 'têc awê' yn fy nghownt yn aml iawn y dyddiau hyn!

Roeddem ni wedi dysgu darllen rhyw gymaint erbyn hyn hefyd. Roeddem ni'n gyfarwydd â'r gath honno oedd yn tragwyddol dreulio'i dyddiau 'ar y mat'. Roedd 'na gardiau darllen a hyd yn oed lyfr darllen, un câs melyn ac os cofiaf yn iawn, *Y Bwthyn Bach* oedd ei deitl. Deuem yn gydnabyddus â 'cheinion' barddoniaeth Gymraeg hefyd! Pethau megis 'Sbectol Teida' a rhywbeth gan Ceiriog am y trên. Am y cyntaf, cofiaf fod Nain wedi chwilio am y sbectol ym mhobman gan gynnwys y Beibl Mawr, a'i chael wedi'r holl chwilio ar drwyn Teida. Am y trên, mae'r geiriau 'Strim-stram-strellach, fel rhes o badellau wrth gynffon ci,' wedi glynu yn fy nghof.

Yna, deuai'n amser i symud i 'Standard Wan' — byddem wedi dysgu dweud y gair 'standard' yn gywir erbyn hynny. Yn hwnnw dysgem ysgrifennu ar bapur efo inc. Tipyn o broblem oedd hynny ac roedd hi'n haws cael blots nag ysgrifen, ond wedi ymgynefino â'r dasg roeddem ni ar ein ffordd i'r ysgol fawr.

Cyn i mi adael yr ysgol fach, roedd Mrs Evans wedi

rhoi'r gorau iddi a bu mam yn fy nysgu am gyfnod byr. Doedd hi ddim mor ffeind yn yr ysgol ag yr oedd hi gartref chwaith ac roedd yn rhaid cydymffurfio â disgyblaeth ysgol.

Uchelgais hogyn o'r wlad oedd gadael ysgol a dyna rydw innau am ei wneud y munud yma.

Gwaith y Trigolion

'Ac mi glywaf grafangau Cymru'n dirdynnu fy mron.
Duw a'm gwaredo, ni allaf ddianc rhag hon.'

Dyna sut y mynegodd Syr T. H. Parry-Williams ei
deimlad tuag at ei Gymru. Felly hefyd y mae'r hen
bentref a'i afael ynof innau; mae fel magned yn tynnu
mymryn o ddur ato'i hun, ac ni fedraf innau byth
ddianc rhagddo. Doedd o'n fawr o le i gyd, ond
weithiau mae peth bach, o'i golli, yn gadael twll mawr
ar ei ôl.

Gellid rhoi'r trigolion i gyd yn un o'r bysiau mawr 'na
sydd i'w cael heddiw. Pe bawn wedi dweud peth fel'na
ar un adeg, byddid wedi fy ystyried yn hurtach
rhagweledydd na Robat Robaits, Caergybi, wrth iddo
geisio rhagfynegi'r tywydd, oherwydd pan oeddwn yn
blentyn clywais gan un o'r hynafgwyr iddo fod yn un o
barti a gerddodd yr holl ffordd i hen stesion Pwllheli i
ddal trên i fynd ar drip Ysgol Sul. Golygai hynny godi'n
blygeiniol, mae'n siŵr, oblegid roedd o leiaf chwech i
saith milltir i'w cerdded, a chymryd bod llwybrau y
gellid eu troedio er mwyn byrhau'r daith. Ni chofiaf i
ble roedd y trip yn mynd, y Bermo neu Landudno o
bosib. Meddyliwch mewn difrif, roedd yn rhaid cerdded
yr holl ffordd yn ôl o Bwllheli wedi diwrnod hir o
grwydro strydoedd. Gwibdaith yn wir!

Beth oedd y pentrefwyr yn ei wneud i gael deupen llinyn ynghyd? Yn rhyfedd iawn, er mai ynghanol gwlad Llŷn roedd y pentref, nid oedd cymaint ag un gwas fferm yn byw reit *yn* y pentref. O fewn dau can llath i'w gilydd, neu lai hyd yn oed, roedd yno, o gyfrif pennau teuluoedd a'u meibion, un ar ddeg o seiri meini. Roedd yno felinydd a weithiai oddi cartref, ond a ddôi adref i fwrw Suliau. Roedd yno berson, ond rydych wedi darllen digon am hwnnw eisoes, a phostfeistr a gariai'r post yn y boreau. Roedd gweinidog yn y pentref hefyd ar un adeg ac ysgolfeistr. Dim ond am ychydig o amser, dim mwy na thair neu bedair blynedd, y bu gweinidog sefydlog yn trigo yn y pentref. Tystia Beibl y Teulu mai'r Parchedigion Lloyd, Hebron ac Evans, Ceidio, a fedyddiodd rai o fabis Tŷ Ni. Gadawodd y gweinidog am Sir Feirionnydd, mi gredaf. Roedd ganddo ef a'i wraig un hogyn a ddaeth, yn ôl a glywais, yn seicolegydd adnabyddus yn Llundain yn ddiweddarach.

Roedd 'na gymeriad arall yn y pentref a oedd yn berchen gardd lysiau a pherllan. Byddai'n mynd â llysiau a ffrwythau ar drol mul i'w gwerthu yn nhueddau Nefyn ac yn unrhyw le arall ar y daith, am a wn i. Cof bach iawn sydd gennyf am y dyn hwnnw, ond rwy'n cofio'r mul castiog yn dda iawn. Goroesodd hwnnw ei feistr a rhoddwyd ef allan i bori ar weirglodd a chae yn agos i'r pentref. Mul Jôs oedd o pan fyddai wedi gwneud drygau, fel drygioni defaid William Morgan, ond Brookes oedd ei enw iawn. Byddem ni fechgyn yn llwyddo i'w farchogaeth weithiau, ond fyddem ni ddim ar ei gefn yn hir gan y gwyddai Brookes yr holl driciau i gael gwared â'i farchog. Ond mynd yr un ffordd â'r hen Jôs fu tynged y mul, ac roedd yn chwith hebddo oherwydd gydag ef aeth un o bleserau'r pentref o'n cyrraedd.

Roedd ysgolfeistr yn preswylio yn y pentref yn ystod fy mlynyddoedd cynnar, ac wedi gwneud hynny am flynyddoedd am a wn i. Roedd wedi ymddeol erbyn i mi sylweddoli pwy oedd y dyn a welwn i'n cerdded yn ei slipars ar hyd y lôn. Gwisgai gadach gwyn am ei ben a hwnnw'n gorchuddio un o'i lygaid. Deallais wedyn ei fod yn dioddef ymosodiadau'r gowt ac mai hynny oedd i gyfrif am y slipars. Nid fy lle i yw damcaniaethu ynglŷn ag achos y gowt.

Ym 1912, a minnau'n codi'n bump, daeth ysgolfeistr newydd i'r pentref. Un o Sir Fôn oedd o a Mr Rowlands oedd ei enw. Yr haf hwnnw yr euthum i'r ysgol am y tro cyntaf. Ymhen sbel wedi iddo gyrraedd, priododd Mr Rowlands hogan o Sir Fôn a daeth ef a'i wraig i'n tŷ ni i fyw. Gosodwyd y darn efo'r enw Saesneg iddynt. Jennie oedd enw'r wraig, a Huw (neu Hugh) y byddai hi'n galw ei gŵr. Tua diwedd Medi 1914, cofiaf Huw yn mynd ar ei draed i rywle un prynhawn. Clywais wedyn mai cerdded i Bwllheli a wnaeth i ddal trên er mwyn mynd i listio i'r fyddin. Roedd Jennie ar ei phen ei hun wedyn. Roedd hi'n ddynes ddel, yn gymharol dal a thenau ac yn fywiog iawn, ond dipyn yn drwm ei chlyw. Byddem ni, fel y byddai hithau hefyd, i mewn ac allan o 'dai' ein gilydd yn aml, a byddem yn cael mynd ati pan fyddai'n gwneud *popcorn* ar y badell ffrio neu'n gwneud taffi, ond doedd ganddi fawr o glem ar drin ffowlyn chwaith, yn ôl mam.

Deuai Huw adref ar *leave* o Ffrainc o bryd i'w gilydd.

Cofiaf iddo ddod â *gas mask* cyntefig i'w ddangos i blant yr ysgol un tro. Darn o wlanen oedd hwnnw, digon tebyg i wlanen cartref ond ei fod yn las a llinellau o las tywyllach drwyddo, fel y byddai llinell ddu mewn deunydd trôns erstalwm. Rhyw gwdyn i'w roi dros y pen oedd o, ac yna roedd rhaid stwffio ei odreuon rhwng y gwddw a'r goler. Roedd 'na ddau ddarn crwn o wydr, fel *goggles* i edrych drwyddynt ac roedd ogla tebyg i ddisinffectant cryf iawn arno.

Yn absenoldeb Huw, bu amryw byd, yn ddynion a merched, yn gofalu am yr ysgol. Ymhen pedair blynedd daeth Huw yn ei ôl wedi ei ddyrchafu'n gapten ac wedi ennill medal a bar arni am ryw wrhydri ar faes y gad. Erbyn hynny, roedd Jennie wedi symud i fyw i'r tŷ nesaf gan fod Mrs Evans, y gyn-athrawes, wedi marw. Daeth Huw â reiffl armi adre efo fo, ac un bore Sul a'r gymdogaeth yn dawel fel y bedd, clywyd sŵn ergyd yn diasbedain drwy'r ardal. Huw oedd wedi saethu cwningen efo'r reiffl. 'Roedd y blydi cwningen yn bwyta fy mhys i,' oedd ei esgus dros dorri'r Saboth.

Prynodd Huw foto beic i fynd â Jennie allan am dro. *Rex* oedd gwneuthuriad y moto beic ac roedd yn rhaid defnyddio handlen i'w gychwyn. Wrth gwrs, gellid ei gychwyn wrth ei redeg a neidio ar ei gefn pan daniai'r injan, ond weithiai hynny ddim pan oedd y seid car yn sownd wrtho. Roedd rhaid codi pen ôl y beic ar ryw stand, bachu'r handlen yn yr echel ôl a throi. Byddai eisiau troi a throi am hydoedd weithiau cyn y bodlonai i gychwyn. Wedyn tynnid lifar a gollwng pen ôl y beic i lawr. Bûm am dro yn y seid car droeon, a phan na fyddai neb i fynd ynddo byddai Huw yn rhoi carreg fawr drom ynddo rhag iddo godi wrth gymryd tro i'r dde ar wib.

Ni fu Huw yn hir iawn cyn cael swydd prifathro ar ysgol ym mhen arall y sir. Wedi iddo ymddeol, aeth ef a Jennie i fyw i Fiwmaris a oedd yn agos i hen gynefinoedd y ddau. Ni bu ef byw yn hir iawn wedyn, ond roedd Jennie mewn gwth o oedran pan fu hi farw flynyddoedd yn ddiweddarach.

Roedd 'na ddyn yn ein tŷ ni hefyd — fy nhad! Nid un o Lŷn oedd fy nhad yn wreiddiol. A dweud y gwir, wn i ddim pa bryd y daeth i Lŷn, na faint oedd ei oed pan ddaeth yno, oblegid dod i gael ei faethu gan ei fodryb a wnaeth ac ychwanegu enw teuluol ei rieni maeth at ei enw teuluol ei hun. Mae'r stori sy'n egluro pam y bu raid ei faethu yn Llŷn yn rhy faith a chymhleth i'w hadrodd yma.

Wn i ddim llawer am ei blentyndod, na'i lencyndod chwaith, oblegid bu farw cyn i mi gyrraedd fy mhymtheg oed a chyn i mi ddod i oed holi ynghylch fy ngwreiddiau. Fodd bynnag, mae gen i ryw syniad iddo dderbyn peth addysg mewn ysgol breifat ym Mhorthaethwy, achos bu gennyf ar un adeg hen gopi bwc oedd yn perthyn iddo. Roedd hwnnw'n dyst iddo ddysgu ysgrifennu *copperplate*. Roedd gennyf lyfr hanes o'i eiddo hefyd, ac ar hwnnw roedd wedi ysgrifennu ei enw a rhoi ei gyfeiriad fel Belvedere Road, Leicester. Wn i ddim beth a'i tynnodd i'r fan honno.

Dyn 'hel plant i'r ysgol' oedd o pan ddeuthum i'n ddigon hen i sylweddoli beth oedd ei waith. Dyna'r rheswm dros y beic mewn cyflwr da yn y coetsiws y soniais amdano eisoes. Byddai'n teithio arno o amgylch ysgolion elfennol Llŷn. Roedd tair ar ddeg ohonynt bryd hynny, ac un o'i orchwylion cyson oedd mynd o'u hamgylch i holi pwy o'r plant oedd yn colli'r ysgol heb reswm digonol.

Bu yn y swydd am tua wyth mlynedd, ond diswyddwyd ef a chydweithiwr iddo yng nghylch Pwllheli yr un adeg. Disgwylid iddynt ddwyn achosion llys yn erbyn rhieni esgeulus o addysg eu plant a oedd yn cadw o'r ysgol yn barhaus a hwythau heb fod yn wael. Ond roedd llawer o dlodi ym Mhen Llŷn bryd hynny a chael a chael oedd hi ar lawer teulu i gael digon i brynu bwyd, heb sôn am ddillad ac esgidiau cymwys i blant gerdded i'r ysgol ar bob tywydd. Pobl gefnog heb wir amgyffred o broblemau llawer o rieni tlawd oedd aelodau pwyllgorau'r Cyngor Sir yn yr oes honno. Prin bod llawer o bobl yn Llŷn heddiw sy'n cofio'r ddau 'Sgŵl Atendans Offisyr' a rhoi iddynt eu teitl swyddogol.

Priodi a Marw

Yn naturiol ddigon, ni fedraf ddweud llawer o ddim am fy ngeni. Mae rhai pobl yn haeru y gallant gofio digwyddiadau pell, bell yn ôl, hyd at eu genedigaeth bron! Yr unig beth y gallaf i fod yn weddol sicr ohono yw mai gwraig o'r enw Catrin Jôs a gynorthwyodd i ddod â fi i'r byd. Roedd Catrin Jôs yn digwydd bod yn ffrind teuluol, a byddai'n galw yn ein tŷ ni yn amlach o lawer nag y caniatâi trefn natur iddi wasanaethu fel bydwraig. Wrth gwrs, gartref y genid pob baban bron bryd hynny. Eithriad garw oedd gorfod anfon gwraig i'r ysbyty i roddi genedigaeth. 'Doctor Bach' fyddai'n dod â babanod yn y cês bach brown hwnnw oedd ganddo pan ddeuai yn y car a'r ferlen! Hyd y cofiaf, ni fûm i erioed yn holi o ble roeddwn i wedi dod. Deallaf fod rhai plant yn holi a stilio ynglŷn â phethau o'r fath ac yn cael amrywiol a rhyfeddol atebion i'w holi anghysurus.

Roedd gan Catrin Jôs eneth gyfoed â mi fwy neu lai. Byddai hi a minnau lawer yng nghwmni ein gilydd yn chwarae tŷ bach, ysgol fach, capel bach, ac ati. Chwilfrydedd cyffredin i'r ddau ohonom a'n dysgodd i sylweddoli bod gwahaniaeth sylfaenol rhwng Adda ac Efa. Bellach, mae hi wedi ein gadael, ar ôl treulio'r rhan helaethaf o'i hoes mewn gwlad estron, ond mae ei llwch ar, neu'n agos, i'n hen lwybrau.

I'r eglwys yn hytrach na'r capel yr âi pobl y pentref i
weld priodasau. Nid wyf yn credu bod y capel lleol wedi
ei gofrestru ar gyfer gweinyddu priodasau bryd hynny.
Doedd dim cymaint o firi ynglŷn â phriodasau yn yr oes
honno, dim ond gwas a morwyn oedd eisiau, ac nid
oedd llawer o wario ar ddillad lliwgar nad oeddynt o
fawr ddiben wedi'r achlysur. Byddai'r siwt briodas yn
gwasanaethu yn siwt orau am flynyddoedd. Mae'n
debyg mai mynd i'r eglwys i fod yn dystion o gyfamod
sanctaidd yn hytrach nag i fwynhau sioe ffasiwn y
byddai pobl bryd hynny.

Byddai baneri'n chwifio ar bolion wedi eu gwthio i'r
cloddiau ger rhai o dai'r ardal. Gwnâi Jac yr Undeb y
tro yn iawn, ac oni fyddai baner ar gael byddai cynfas
yn ateb yr un diben yn union. Pan ddôi'r pâr ifanc allan
teflid dyrneidiau o reis drostynt, a byddai adar bach y
gymdogaeth yn cael eu gwala a'u gweddill wrth bigo o
gwmpas giât y fynwent am ddyddiau ar ôl pob priodas.
Weithiau gollyngid ergyd neu ddwy o wn twelf-bôr pan
fyddai'r pâr yn cychwyn ar eu hynt o'r pentref. Wn i
ddim beth oedd arwyddocâd yr arferion, ond y tebyg yw
bod eu tarddiad ymhell bell yn ôl a bod eu cadw yn cael
ei ystyried yn gymorth tuag at sicrhau llwyddiant y
briodas.

Digwyddiad a ddifrifolai'r trigolion oedd
cynhebrwng. Byddai'r elor y tu allan i giât yr eglwys a
gwragedd y pentref wrth eu drysau tua'r adeg y
disgwylid y cynhebrwng. Os dôi i lawr yr allt tua'r
pentref, clywid brêc cerbyd Huw Williams yn rhygnu ar
gylch haearn yr olwyn. Nid oedd hers yn unman nes na
Phwllheli. Car a merlen a gludai'r arch at yr elor a

arhosai amdani ger giât y fynwent. Roedd cnul trymaidd cloch y llan yn dwysáu'r awyrgylch a braidd na chlywid y trigolion yn ochneidio pan osodid yr arch ar yr elor.

Ar ôl yr angladd byddem ni'r plant yn rhoi help llaw i'r torrwr beddau i gau'r bedd ac i osod torchau yn daclus arno os byddai rhai. Cofiaf fynd yn un o'm dosbarth ysgol i gynhebrwng un o'm cyd-ddisgyblion. Golygai hynny gerdded milltir neu well at ei chartref ac yna hel at ein gilydd yn dwr bach wrth y clawdd gyferbyn â'r drws i ganu 'Bugail Israel sy'n ofalus'. Digwyddodd hynny ddwywaith tra oeddwn i yn yr ysgol, a geneth a gleddid ar y ddau achlysur.

Nid oes gennyf gof am chwarae cynhebrwng ar wahân i goegio cynhebrwng wrth gladdu aderyn bach, hynny yw aderyn caets. Doedd cadw aderyn bach mewn caets ddim yn drosedd bryd hynny, a chofiaf fel y byddai mam yn gwneud past o lefrith a melynwy wedi ei ferwi'n galed, ac yn bwydo cyw aderyn efo cwilsyn gŵydd wedi ei dorri ar slant i'w wneud yn debyg i big aderyn.

Byddai nicos yn nythu mewn rhes o goed eirin bwlas a dyfai un ochr i'r ardd a byddem yn dwyn cyw o un o'r nythod er mwyn ei fagu. Rwy'n synnu heddiw bod mam yn gallu gwneud y fath beth ond y tebyg yw iddi hithau gael ei magu mewn traddodiad felly, ac roedd yr aderyn bach yn dod yn un o'r teulu ac yn cael pob gofal a chwarae teg, ac eithrio ei ryddid. Cofiaf i mi unwaith wneud cell fach o wydr yn y ddaear i gladdu un aderyn bach. Mae'n bosibl ei fod yno dan y glaswellt hyd heddiw.

Gwaetha'r modd roedd salwch yn rhan o fywyd bryd

hynny fel erioed, ond roedd llawer iawn mwy o ddefnyddio ar feddyginiaethau cartref nag sydd heddiw. Roedd ym mhob cartref fferyllfa fechan ar gyfer mân anhwylderau, yn cynnwys *sbirit neitar, tuntur riwbob, smelling salts, asiffeta* ac, mewn lle dirgel, botel fach o frandi i roi hwn i'r galon yn ogystal ag *Epsom Salts* i roi cyffelyb hwb i'r coluddion. Gellid amrywio neu gymysgu rhai o'r defnyddiau hyn at gur pen, annwyd, pigyn clust, y ddannoedd a rhwymedd.

Roedd rhai gwragedd yn gallu gwneud eneiniau at fân friwiau a sgriffiadau. Gwnâi fy nain ennaint o ddail briwedig ysgawen, ac os edrychir am enw Lladin coeden ysgaw ceir eglurhad ar enw un eli gwyrdd yr oedd mynd mawr arno ar un cyfnod. Dwy geiniog oedd pris tuniad ohono erstalwm, ond pan brynais duniad ohono dair blynedd yn ôl roedd yn costio saith deg tair ceiniog. Gresyn na fyddai modd paratoi eli o ryw fath ar gyfer chwyddiant!

Doedd dim modd ffonio am y doctor. Roedd rhaid mynd ato neu anfon rhywun i'w nôl, a dyna pam roedd rhieni yn gorfod gweinyddu cymorth cyntaf i'w plant neu i rywun arall oedd mewn angen. Cofiaf i'm brawd anafu cefn ei law yn bur ddrwg â chryman un tro, anaf a oedd yn amlwg yn gofyn am bwythi. Nid at y doctor yr aed ag ef, doedd wybod ble i gael gafael ar hwnnw gefn dydd. Doedd dim amdani ond benthyca car a merlen a mynd ag ef at ddyn oedd yn hyfforddi efrydwyr sut i gadw ieir yn *Madryn Castle Farm School,* fel y gelwid y sefydliad hwnnw. Roedd hwnnw yn sicr o fod wrth ei waith ac roedd wedi hen arfer agor gyddfau ieir oedd yn *crop bound* a gwnïo'r toriad wedyn. Gwnaeth cystal gwaith ar law fy mrawd ag ar gorn gwddw unrhyw iâr a fu dan ei ddwylo erioed!

Yn nau ddegawd cyntaf y ganrif hon roedd *diphtheria* yn haint peryglus a llawer o blant yn marw o'i herwydd. Roedd gan fy nhad yr hyn a ystyriai ef yn fodd effeithiol i'w ochelyd. Câi afael ar gwilsyn cyn hwyed a chyn ffyrfed ag oedd modd o adain gŵydd, a chystal sôn wrth fynd heibio ei bod yn arferiad gan ffermwyr i roi adain gŵydd yn anrheg i hwn a'r llall ar ôl y lladdfa cyn y 'Dolig. Wedi cael cwilsyn addas, byddai'n tynnu'r plu oddi arno ac yn torri ei ddau ben yn lân. Yna, rhoddai ychydig o 'fflŵr brwmstan' ynddo a'i chwythu drwy'r cwilsyn i ben pellaf y gwddw. Wn i ddim faint o sail wyddonol oedd i'r driniaeth, ond yn sicr ni chefais i'r haint.

Pan dorrai'r haint allan mewn ardal byddid yn cau'r ysgol, a rhan o waith fy nhad oedd diheintio'r adeilad. Byddai pob ffenestr ac awyrydd yn cael eu cau yn dynn, ac yna llosgid cannwyll frwmstan ymhob ystafell gyda'r amcan o ladd pob 'anweledig filodyn' a lechai yno. Tún bach fflat gyda'r brwmstan yn gacen galed ynddo a wic bach ar ei ganol oedd cannwyll frwmstan. Llosgai yn fflam fach las am oriau lawer nes llenwi'r lle â mygdarth marwol. Ymhen wythnos agorid yr adeilad ac ystyrid ei fod yn ddiogel i'w ddefnyddio drachefn.

Chwaraeon Ysgol ac Aelwyd

Soniais eisoes am rai chwaraeon dyddiau ysgol ac roedd amryw o rai eraill y byddem yn troi atynt o bryd i'w gilydd. Byddai chwarae tic yn chwarae digon didrafferth pan fyddai wedi mynd yn big arnom. O un wal i'r llall yn iard yr ysgol, neu'r *court* fel y galwem ef, y byddem yn rhedeg gan geisio osgoi cael ein ticio. Weithiau byddai galwad natur yn ei gwneud yn angenrheidiol i fynd at y llechi, fel y'u gelwid, ac er mwyn osgoi tic ar y siwrnai honno byddai'n ofynnol pledio 'corteims!' Wn i ddim beth oedd tarddiad y gair, oni bai mai dyna ein ffordd ni o ddweud *court time*, beth bynnag yw hwnnw. Rwyf wedi sylwi mai 'triws' yw'r gair a ddefnyddir pan fydd angen seibiant bach oddi wrth ryw orchwyl ar Ynys Môn, ac mae'n sicr mai o'r Saesneg *truce* y daw'r gair hwnnw.

Roedd gair dieithr arall yn cael ei ddefnyddio gennym hefyd, gair nas clywais ei ddefnyddio mewn unrhyw gyd-destun arall erioed. Pan fyddai un o'r hogiau mwyaf wedi cael gafael ar doreth o rywbeth megis eirin bwlas, afalau surion, cwsberis neu gnau cyll, byddai'n rhoi 'sgeip' arnynt. Safai ym mhen ucha'r pentref a bloeddio, 'Sgeip!' deirgwaith neu bedair nerth ei ben. Erbyn iddo orffen gweiddi byddai nifer o blant wedi mynd i sefyll yma ac acw ar y ffordd o'i flaen. Yna, taflai yntau ddyrneidiau o'r hyn oedd ganddo ar antur dros y lle a rhuthrai'r plant eraill i geisio cael gafael arnynt, yn union fel y bydd ieir yn rhuthro'n wancus pan deflir dyrnaid o friwfwyd i'w ffolt.

Chwarae arall oedd 'Pwy ddaw, pwy ddaw dan bont y seiri newydd?' Safai dau fachgen neu ddwy eneth yn wynebu ei gilydd gan gydio yn nwylo ei gilydd a'u codi uwch eu pennau i ffurfio bwa. Yna, byddent yn llafarganu'r gwahoddiad sydd yn enw i'r gêm a dôi'r plant eraill fesul un i sefyll dan y bont. Sibrydid cwestiwn megis, 'Beth sydd orau gennyt, afal neu oren?' yng nghlust pob un. Atebai yntau yr un mor gyfrinachol a mynd i sefyll y tu ôl i'r naill neu'r llall o bileri'r bont yn ôl ei ateb. Pan fyddai pawb oedd yn chwarae wedi mynd o dan y bont, cydiai aelodau pob rhes am ganolau ei gilydd a cheisio tynnu'r rhes arall dros farc neu ricyn oedd wedi ei osod rhwng y ddau biler. Y tro dilynol byddai'r 'afal neu oren' wedi newid i fod yn 'llefrith neu laeth enwyn' neu'n 'daffi neu jiw-jiws'. Roedd yr amrywiaethau bron yn ddiderfyn.

Chwarae poblogaidd ar dywydd sych ar ôl gwyliau'r haf oedd chwarae llwynogod. Byddai rhai o'r bechgyn hynaf, ac roedd plant yn aros yn ysgol y pentref nes eu bod yn bedair ar ddeg oed bryd hynny, yn dewis eu hunain i fod yn llwynogod a nifer llai ohonynt yn cael eu dewis yn gŵn. Roedd ysbaid o awr a hanner i ginio, a byddai gan blant oedd wedi 'gloddesta' ar frechdan jam ddigon sych, gryn amser ar eu dwylo. Rhoddid y cŵn, neu'r bytheiaid, yn un o'r tai bach yng ngofal cynydd. Cyfrifai'r cynydd o un i gant, yn Saesneg yn ddi-ffael, ac erbyn iddo gyrraedd y neintis byddai'r cŵn yn bur aflonydd ac yn ysu am gael eu gollwng. Yn y cyfamser, byddai'r llwynogod wedi gwasgaru i'r gelltydd rhedyn cyfagos i aros am yr helfa. Weithiau byddai'r gloch ddiwethaf wedi hen ganu cyn y ceid y llwynogod i gyd yn ôl i'r iard.

Ni chofiaf i mi erioed weld chwarae concars yn ysgol y pentref, a hynny mae'n debyg am nad oedd castanwydd yn tyfu yn yr ardal. Fodd bynnag, chwaraeid gêm gyffelyb gyda'r planhigyn a elwir 'dail llydan y ffordd' neu 'llwynhidydd'. Mae un math sy'n blodeuo ar ben coesyn hir, rhychog a gwydn iawn. O'i gael yn ffres, gellid defnyddio'r coesyn yn slaes i dorri pen un arall i ffwrdd, ond nid oedd gan y gwytnaf ohonynt obaith cyrraedd hyd yn oed oedran concar ifanc, hynny yw un ifanc o ran nifer ei buddugoliaethau.

Gartef ar yr aelwyd doedd gan blant ddim lliaws o deganau fel sydd gan blant heddiw. Roedd na 'ladi-dols' ar gyfer genethod bach, wrth gwrs, ond rhai wedi eu gwneud gartref oeddynt gan mwyaf, gyda hen hosanau yn rhan bwysig o'u gwneuthuriad. I fechgyn roedd 'na flociau pren y gellid eu trefnu'n chwe darlun lliwgar o'u gosod mewn trefn arbennig yn eu bocs.

Roedd hefyd fathau o adloniant y gallai'r teulu cyfan ymuno ynddo. Gêmau dyfalu oedd un difyrrwch poblogaidd. Gofynnai un o'r teulu, 'Ble mae'r bobl yma'n byw? John, y gŵr, Meri'r wraig, Catrin yn un ferch, Jên yn ferch arall a Thomas, y mab?' Y cyntaf i ateb y pôs fyddai'n gosod y nesaf. Pe digwyddai bod enw anghyffredin mewn teulu, megis Eleias neu Martha, dywedid, 'enw dyrys y mab' neu'r ferch fel roedd angen. Roedd yn rhaid adnabod eich cymdogaeth a'ch cymdogion yn bur dda cyn ymroi i'r adloniant hwnnw, ond byddai'n gêm llawer anos heddiw o gofio'r mewnlifiad sy'n boddi llawer ardal.

Difyrrwch arall yn ein tŷ ni ar brydiau oedd llosgi llun. Byddai fy nhad yn toddi sol pitar mewn dŵr, ac os byddai llun mawr o wleidydd neu ryw enwogyn arall, neu gartŵn o un ohonynt, yn y papur newydd, amlinellai'r llun â choes matsien wedi ei gwlychu yn yr hylif. Gadewid iddo sychu ac yna, tanio'r ffiws gyda phrocer gwynias o'r tân. Llosgai'r sol pitar yn araf bach fel ffiwsen. Cofiaf iddo wneud hynny i lun mawr o Lloyd George un tro, ond ni wn a oedd arwyddocâd gwleidyddol i'r llosgi hwnnw. Wrth gwrs, peth i'w wneud gan bobl mewn oed oedd peth felly, ac ni wn a oes sol pitar i'w gael dros y cownter yn siop y drygist heddiw ai peidio.

Dro arall byddai dychmygion i'w hateb. Pethau megis, 'Dychymyg, dychymyg, mi gollais fy mhlant, fesul wyth ugain ac fesul wyth gant. Beth ydwyf?' neu, 'Mi gerddais ac mi gerddais nes cefais ef. Wedi i mi ei gael mi eisteddais i lawr i chwilio amdano, ac wedi i mi ei gael o wedyn mi a'i teflais ymaith. Beth oedd o?' Dyfalwch chwithau!

Byddai dysgu canu tôn gron yn ffordd o dreulio ambell gyda'r nos. Dro arall, mynd i'r fan a'r fan heb ddweud 'ie' na 'nage' oedd mewn bri, ac roedd *Snakes and Ladders* bob amser wrth gefn pan bylai pob difyrrwch arall.

Erbyn heddiw mae dyfodiad y teledu i'n cartrefi wedi disodli'r math yna o adloniant diniwed, a phrin bod rhythu ar luniau erchyllterau a thrais y tu hwnt i ddychymyg plentyn, yn enw 'dangos bywyd fel y mae', yn hwb i ddiwylliant na gwarineb unrhyw genhedlaeth.

Cadw Fisitors

'Fisitors' neu 'bobl ddiarth' fyddai'n dod i Ben Llŷn erstalwm. Doedd dim sôn am 'ymwelwyr' y dyddiau hynny.

'Be' ŵyr hwn am fisitors?' meddech chithau gyda thipyn o amheuaeth ac awgrym o wawd yn eich llais. 'Petai o wedi'i fagu yn Abersoch neu Nefyn, byddai ganddo ryw syniad!' Wel, mi synnech fel y byddai pobl yn dod i aros mewn pentref bach tawel, di-draeth, ynghanol gwlad Llŷn agos i bedwar ugain o flynyddoedd yn ôl. Beth a'u tynnai yno, onid yr union dawelwch hwnnw, nis gwn, ond dod a wnaent. A chyda pharti o fisitors y bûm i gyntaf erioed yng nglan y môr, a hynny yn y flwyddyn y dechreuodd y Rhyfel Mawr.

Gallaf gofio enw'r dyn oedd yn brif ysgogydd yr ymweliad hwnnw â glan y môr; arian byw o ddyn o'r enw Mr Kirton. Nid wyf yn cofio'i wraig cystal, na'i ddau blentyn chwaith, na'r cyfaill teuluol oedd gyda nhw. Mae yn fy meddiant hen lyfr cownt bach gyda thipyn o ôl traul arno a'i ddalennau wedi melynu, ac yn hwnnw y mae enw *Mr Kirton and party* i lawr ynghyd â'r swm a gafwyd am fordio pump am dair wythnos: £22 15s. 2d. Wn i ddim beth sy'n cyfrif am y ddwy geiniog od, mwy nag y gwn pam y 99c ar ôl pob punt ym mhrisiau heddiw. Roedd bordio yn cynnwys brecwast llawn — sleisys iawn o gig moch a wyau wedi'u ffrio a'u gosod ar ddysgl fawr fflat gyda rhychau bychain yn arwain i bantle yn un pen iddi, er mwyn i'r saim poeth redeg iddo. Byddai tafell o fara i'w mwydo yn y saim, a thôst a marmalêd wedyn. Arferai rhai dorri'r crawennau oddi ar y cig moch a'u gadael ar ymylau'r platiau, a byddwn innau'n eu cael i'w bwyta. Roedd yn rhaid gwneud y tôst o flaen y tân ac roedd fforc arbennig i ddal y dafell fara, un a choes estynadwy iddi. Byddai eisiau torri brechdanau i fynd allan ambell ddiwrnod a pharatoi cinio erbyn gyda'r nos.

F'ewyrth Robert aeth â ni ar y trip i lan y môr efo'r car a'r ferlen. Cychwyn ychydig cyn deg y bore a dod i'n cyrchu'n ôl yn gynnar gyda'r nos. Roedd eisiau mynd â rhywfaint o lestri a thegell gyda ni. Cadwai pawb ei lygaid yn agored i gael y cipolwg cyntaf ar y môr glas ac yna gweiddi, '*I see the sea!*' cyn gynted ag y gwelem ef. Wedi cyrraedd pen gallt y môr, dadlwytho a mynd i lawr i'r traeth i gael cilfach hwylus, ac nid oedd hynny'n anodd gan nad oedd llawer o gystadleuaeth am le ar y traethau y dyddiau hynny. Wedi penderfynu ar safle, y gorchwyl nesaf oedd hel gleuad i gael tân i ferwi'r tegell pan ddeuai'n amser bwyd.

Ddiwedd y prynhawn, yn lluddedig, wedi blino ar wneud cestyll tywod, golchi traed a chwarae pêl, ymlusgo i ben yr allt i ddisgwyl y car i'n cludo yn ôl. Am ran o'r daith roedd y Saeson yn cydganu rhyw ganeuon na wyddai hogyn bach o Lŷn mohonynt, ac fel y dynesent at adref nid oedd Huwcyn Cwsg ymhell oddi wrtho.

Dro arall, âi Mr Kirton i Borth Neigwl i ddal

llyswennod môr, ac wedi eu dal, dod â hwy'n ôl i'w blingo a'u paratoi ar gyfer eu coginio. Tra byddai ef yn pysgota, gallai gweddill y teulu ddringo i ben y mynydd ac ar ddiwrnod braf cael golwg ddi-ail ar wlad Llŷn i gyd.

Mae gennyf gof am un ferch a ddeuai ar ei phen ei hun i aros. Crwydro'r gelltydd a cherdded llwybrau'r ardal a wnâi honno. Merch weddol dal, gydnerth o gorff oedd hi, gydag wyneb llydan dipyn yn groenfelyn. Rhoddai'r argraff ei bod yn ferch ddwys, feddylgar a bûm yn meddwl wedyn ymhen blynyddoedd tybed ai awdures oedd hi ac mai meddwl am nofel neu ddrama y byddai wrth grwydro fel 'Y Llanc Ifanc o Lŷn' flynyddoedd yn ddiweddarach. Georgina Wood oedd ei henw a thalodd £2 11s. am ei lle a'i chadw am bythefnos yn 1916. Wedi iddi ddychwelyd anfonodd lyfr yn anrheg i'm brawd; llyfr a chlawr swêd iddo — peth go newydd bryd hynny.

Ceir llawer o bethau diddorol yn yr hen lyfr cownt bychan, sy'n ymestyn o Ebrill 1914 hyd at ddiwedd Medi 1920. Rhyw dudalen a chwarter yw'r gofod a gymer y flwyddyn gyntaf, ond mae'r flwyddyn olaf yn ymestyn dros bedair tudalen a chwarter. Gwerth sylwi hefyd mai Saesneg yw'r iaith a ddefnyddir ynddo; hynny, mae'n debyg, oherwydd bod yr iaith fain yn cymryd llai o le. Rhaid bod mam yn un weddol flaengar ac y gellid ei galw heddiw yn gryn *entrepreneur*. Roedd yn yr ardd hen goeden afalau fawr, ganghennog, ac mae'n debyg iddi gael syniad y byddai gwneud te am dâl oddi tani yn fenter broffidiol. Onid oedd 'na gân Saesneg boblogaidd, *'Neath the shade of the old apple tree*? Dyma'r union goeden! Cadwai gownt o bawb a ddeuai i gael te, neu lemonêd cartref, yn ogystal â'r rhai na fynnai fwy na dŵr poeth.

Byddai rhai teuluoedd cefnog — a phwy ond teuluoedd cefnog a allai fforddio dod am wyliau i Nefyn ac Abersoch ac ardaloedd glannau môr eraill Pen Llŷn yr adeg honno? — yn galw ddwywaith y flwyddyn a hynny y naill flwyddyn ar ôl y llall. Roedd gan un teulu dŷ yn Nefyn ac yno y gwelais i ddyn croenddu gyntaf erioed. Perchennog planhigfeydd te yn India oedd y penteulu. Ysmygai hwnnw sigârs gydag ogla da arnynt fel y rhai a gâi fy nhad yn anrheg bob Nadolig gan W.W. Ond meddyliwch am y dyn hwnnw yn eu smocio bob dydd! Y plês mwyaf oedd cael ganddo'r fodrwy bapur coch ac ysgrifen aur arni oddi ar un o'r sigârs a'i rhoi ar fy mys. Ond byr ei barhad oedd y pleser hwnnw oherwydd o'i chamdrin wrth blygu'r bys torri fyddai hanes y fodrwy.

Mae rhai cwmnïau masnachol wrth hysbysebu yn mynnu eu bod yn rhagori ar bawb arall am wneud rhywbeth neu'i gilydd; hwnnw yw eu sbesialiti. Sbesialiti mam oedd crempog. Yng nghwrs y blynyddoedd fe wnaeth gannoedd onid miloedd o grempogau. Pe byddai *party* (dyna'i gair hi) go niferus, o bump i ddeg, am ddod i de, anfonent gerdyn post ddiwrnod ymlaen llaw. Roedd gwybod ymlaen llaw sawl un oedd am ddod yn dipyn o ffens, yn angenrheidiol yn wir, os oeddynt am gael crempog hefo'u te.

Ceid ar y fwydlen hefyd fara brith, cacen blât, brechdan wen a jam cartref a chacen slab Madeira. Roedd un *stand-by* arall, rhyw fisgedi bach, os bisgedi hefyd, a elwid *puff-cracknells*. Yn ddiweddarach, clywais alw pethau tebyg iddynt yn 'gacen gwynt a dim'. Ond nid gwynt a dim oeddynt ar y bwrdd te dan ganghennau coeden afalau mam, oherwydd byddai hi wedi rhoi llond llwy de o gaws lemwn cartref yn y gwagle o'u mewn.

Byddai dyfodiad parti mawr yn achosi tipyn o drafferth. Roedd yn rhaid cael mwy nag un bwrdd, a hefyd gadeiriau o'r tŷ, i ychwanegu at nifer yr eisteddleoedd. Cofiaf fod gennym un hen fainc hir, ddi-gefn, fel mainc ysgol. Wn i ddim o ble y daeth; gallasai fod wedi dod o ysgol Robin Sowldiwr ei hun.

Am ryw reswm, o ochrau Nefyn y deuai'r rhan fwyaf o'r cwsmeriaid. Ychydig iawn a ddeuai o gyffiniau Abersoch. Byddai rhai partïon yn llogi brêc i'w cludo. Brêc un o westyau Nefyn oedd hi, mi gredaf, ac rwy'n meddwl mai John Hughes, Penpalmant, oedd un gyrrwr. Roedd rhaid dadfachu'r ferlen neu'r gaseg a mynd â hi i'r stabal ac, wrth reswm, byddai hynny o fendith i'r riwbob ymhellach ymlaen!

Y Llyfr Cownt

Wrth loffa yn hen lyfr cownt fy mam, diddorol yw sylwi ar yr amrywiaeth cyfenwau Seisnig a nodwyd; bron na ddywedwn eu bod yn uchel-Seisnig eu naws; er enghraifft, Beaumont, Hathaway, Knapp, Somerville a Whitehorn, ynghyd ag amryw byd o rai eraill. Un o'r enwau mwyaf anarferol oedd eiddo'r *Onions party* o Dudweiliog (hynny yw, pobl oedd yn aros yn Nhudweiliog); nid fel yr yngenir nionod yn Saesneg yr yngenid yr enw ond *On-ei-ons.*

Mae'n amlwg yr holai mam bob parti ynghylch eu henwau, ac weithiau fe nodai ym mhle roedd eu cartrefi. O bryd i'w gilydd, ymddengys enwau lleoedd megis Wigan, Ealing, Sale, London, a hyd yn oed Belfast. Gellir tybio bod rhai ymwelwyr yn dawedog ac yn anfodlon datgelu rhyw lawer amdanynt eu hunain. Efallai mai dyna'r rheswm am gofnodi ymweliad un parti ar 17 Awst 1916 fel 'Cachwrs motor'! Y tebyg yw fod y rheini gyda'r ychydig prin a ddeuai mewn cerbydau modur. Cerddwyr, seiclwyr neu bobl mewn brêc oedd y rhan fwyaf o'r dyfodiaid, ond fel yr âi'r blynyddoedd rhagddynt cynyddodd nifer y modurwyr.

Y cerddwyr oedd yn y mwyafrif, ac nid heicwyr coesnoeth mewn llodrau byr a chrysau agored mohonynt, ond dynion a merched trwsiadus a syber wedi eu gwisgo yn ôl safonau parchusrwydd yr amseroedd. Roedd beic hyd yn oed yn awgrymu lle dyn mewn cymdeithas y dyddiau hynny, ac roedd car modur yn sicr yn symbol digamsyniol o statws gymdeithasol.

Bryd hynny, roedd 'na feic yn dwyn yr enw *Sunbeam*, beic go arbennig a'i wneuthurwyr yn ymffrostio yn ei amryfal rinweddau, gan restru yn eu plith yr hyn a alwent yn *'The Little Oil Bath'*. Y cwbl a olygai hynny oedd na wnâi'r tshaen byth redeg yn sych o olew gan fod y cês oedd amdani hi a'r olwyn gêr a'r ffri whîl yn dal olew. Roedd 'na dyllau mân ar hyd ymylon rhan flaen y mydgiard ôl, a chordiau o'r rheini i glip ar ben yr echel ôl, i gadw sgertiau merched rhag cael eu dal yn y sbôcs.

Darparai mam luniaeth i bobl ar wahân i fisitors hefyd. Un enw sy'n ymddangos droeon yn ystod 1914 a 1915 yw 'Lloyd, Glyddyn'. Porthmona y byddai Mr Lloyd. Câi de am chwe cheiniog. Unwaith neu ddwy nodir iddo ddod â rhywun gydag ef gan y cofnod: *'Mr Lloyd Glyddyn & Co. 1s. 0d.'* Galwai trafaelwyr masnachol yn eu tro. Ymhlith y rheini roedd rhai a fyddai'n galw mewn ffermydd i gymryd archebion am foddion i wella anhwylderau ar anifeiliaid. Byddent yn cribinio rhannau o Ben Llŷn yn eu tro ac yn aros ddwy neu dair noson mewn un ardal. Un o'r rheini oedd Mr Davies a gynrychiolai gwmni o Grimsby a gynhyrchai foddion o'r fath. Nid y 'Davies Bach' hwnnw a ddaliodd ati i ddod i Lŷn hyd y saithdegau cynnar, ond ei dad, a oedd yn llai fyth o ran taldra ac yn rhowlyn bach tew. Dod heb hysbysu neb y byddai ef. Efallai mai ar swper y byddem fel teulu ar noswaith ddiwedd yr haf, pan welem ddôr y cefn yn agor ac olwyn flaen beic yn ymddangos. Yna, deuai'r waedd, *'Tailor's not working!'* Beth oedd arwyddocâd y waedd arbennig honno nis gwn. Fyddai dim rhaid poeni am wneud sgram iddo, bodlonai yn iawn ar frechdan a chaws a nionyn picl i swper. Wedi bod yn ffermio yng nghyffiniau Croesoswallt yr oedd, ond roedd rhyw geffyl wedi rhoi cic iddo yn ei ben fel y tystiolaethai anferth o graith ar ei arlais. Nodid ei ymweliad yn y llyfr bach fel 'Trefaldi' — llygriad ar Trefaldwyn, mae'n debyg.

Mae rhai o'r nodiadau yn debyg iawn i rai o'r cliws mewn pôs croeseiriau. Beth debygech chi fyddai *Machine gent*, er enghraifft? Wel, cynrychiolydd cwmni peiriannau gwnïo oedd o.

Awgrymodd rhywun mai 'proffwyd y tu ôl ymlaen yw hanesydd'. Bid â fo am hynny, wrth edrych yn y llyfr bach, gallaf gasglu bod Llungwyn 1915 yn ddiwrnod sych, os nad heulog. Mai 24ain oedd hi a nodir bod *'Gentleman and Lady, tea out'* wedi cael te yn yr ardd am 1s. 6d. Roedd y Pasg yn hwyr y flwyddyn honno.

Roedd pob gwryw yn *Gentleman* a phob menyw yn *Lady*. Byddai mam yn ddigon cydnabyddus â rhai ohonynt i'w nodi heb eu cyfenwau, megis *'George & sister'*, heb awgrym o amheuaeth ynghylch a oedd hi'n chwaer i George ai peidio. Gellid gwneud hynny'n gwbl hyderus y dyddiau hynny, am a wn i.

Nis gwn beth a wnaech o *'Gentleman and five kids'* chwaith. Roeddwn i dan yr argraff mai rhyw ddiweddar-ddyfodiad wrth gyfeirio at blant oedd *kids*, ond roedd mam yn ei ddefnyddio yn 1916!

Ceir un cofnod annisgwyl iawn, sef *'Madam left'*. Nid bonesig ar y chwith gwleidyddol oedd hi, ond menyw o

St. Malo yn Llydaw. Madame Kalfe oedd ei henw. Does neb a ŵyr erbyn heddiw pam y daeth gwraig felly i aros i Lŷn, ac nis gwn chwaith a rannodd hi'r gyfrinach. Roedd ganddi ryw safle mewn cymdeithas yn Ffrainc, mi dybiwn, oblegid bu'n rwdlan efo mam y gallai hi rwyddhau'r ffordd i mi gael ysgoloriaeth a hyfforddiant er mwyn ymuno â llynges Ffrainc! Do, ar fy ngwir, ac mi fu'n sgrifennu ynglŷn â'r peth ar ôl iddi gyrraedd adref. A'i helpo hi — a llynges Ffrainc! Wyddai hi ddim fy mod i wedi llyncu'r angor, mewn ffordd o siarad, wedi crio fel babi, ac wedi llyncu peintiau o ddŵr hallt Sianel Sant Siôr pan geisiodd Huw, yr ysgolfeistr, fy nysgu i nofio pan oedd o gartref ar *leave* ryw haf neu ddau ynghynt. Yr unig beth a wn i sicrwydd yw iddi dalu £3 15s. 0d. am ei lle ac na ddaeth dim o'r busnes 'nêfi' hwnnw!

Enw arall a ymddengys yn lled gyson yw Knapp, gydag amryfal amrywiadau megis *Knapp & Co., Dr. Knapp & family, Knapp boys* a *Knapp party*. Nid doctor yn ein hystyr arferol ni i'r gair oedd y boneddwr, ond Doethor mewn Diwinyddiaeth a darlithydd, os nad Athro, yn un o golegau Rhydychen. Gallaf ei weld y funud 'ma mewn siwt ddu glerigol a choler gron. Ysgrifennodd esboniad Saesneg trwchus ar Efengyl Luc ac anfonodd gopi o'r gyfrol yn anrheg i mi. Wn i ddim oedd o am i mi fynd yn berson ai peidio. Ddaeth dim o hynny chwaith, mwy nag o lynges Ffrainc!

Roedd Coleg Madryn yn newyddbeth yn y blynyddoedd dan sylw a byddai rhai o'r myfyrwyr, rhai benywaidd beth bynnag, yn dod i wario eu harian prin ar de. *'Madryn 3 students'* sydd yn y llyfr bach. Efallai y byddai'r gwrywod yn mynd i rywle arall i chwilio am rywbeth cryfach na the. Go brin yn yr oes honno hefyd!

Roedd teulu arall a alwai'n rheolaidd, perchenogion cwmni a wnâi fferins o dan enw adnabyddus. Ar eu hymweliad un tro gadawsant dún agos i lawn o daffis ar eu holau. Afraid dweud na fuom ni'r hogiau fawr o dro nad oedd y tún, rhwng bwyta a rhannu, yn wag. Petawn i byth o'r fan'ma, drannoeth dyma un o blant hynaf y teulu yn dod ar ei feic yr holl ffordd o Nefyn i holi am y tún taffis! Nid wyf yn awgrymu am funud i'w rieni ei anfon, efallai mai gweld ei gyfle a wnaeth y bachgen.

Teulu arall a enwir yn y llyfr yw un o Gaer. Waeth i mi heb a'u henwi oblegid y mae rhai teuluoedd sy'n dwyn yr un cyfenw yn Llŷn heddiw. Cyflogodd y teulu hwnnw eneth o'r pentref i fynd i'w gwasanaethu yng Nghaer. Busnes ffotograffiaeth oedd ganddynt. Wn i ddim a oes cysylltiad rhyngddynt a'r teuluoedd o'r un cyfenw sy'n byw yn Llŷn heddiw ai peidio, ond mae'n hyfryd cael dweud bod y rhai hynny, gan gynnwys un oedd yn annwyl iawn gennyf pan oedd yn groten fach, yn parablu'r heniaith yn rhugl.

Ymwelwyr Achlysurol

Ar wahân i drol a cheffyl o'r ardal, neu gar a merlen, ychydig iawn o gerbydau ar olwynion a âi drwy'r hen bentref erstalwm, yn enwedig felly yn y gaeaf. Roedd llawer iawn mwy o ferfâu nag o geir modur ym Mhen Llŷn pan oeddwn i'n wyth neu naw oed. Pe bai cwestiwn ar ffurflen y cyfrifiad diweddar yn holi, 'A oes berfa yn perthyn i'r teulu?' y tebyg yw y byddid wedi gweld bod llawer mwy o geir modur nag o ferfâu yn y wlad erbyn heddiw.

Cerbyd nad oedd yn un lleol oedd y cerbyd paraffin a ddeuai o Bwllheli yn ei dro. Nid oedd y gair tancar ar arfer bryd hynny. 'Car oel' oedd ein henw ni arno, ac roedd ei ddyfodiad i'r pentref yn dipyn o achlysur i ni'r plant ac yn arbennig felly pe cyd-ddigwyddai yr ymweliad â 'phlêteim' pnawn yr ysgol. Byddai rhes ohonom yn rhythu drwy'r rêlings, fel y gwnaem yn wir pan fyddai unrhyw beth anghyffredin yn aros neu yn symud yn y pentref.

'Pratts' oedd yr enw ar ochr y car oel, ond ni wyddem beth oedd arwyddocâd yr enw hwnnw. Roedd yn rhaid cario'r paraffin o'r car oel mewn caniau pum galwyn a'i dywallt i danc mawr y siop. Golygai hynny gryn fynd a dod, a chymerai dipyn o amser oblegid nid dau gam oedd rhwng y car oel a'r tanc. I gadw'r ddau geffyl yn ddiddig rhoddid trwyn-gydau arnynt, a dyna lle y byddent yn ysgwyd y rheini o ochr i ochr wrth ymborthi ar eu cynnwys. Peth diweddarach oedd y beipen hir a ddefnyddid i symud y paraffîn o'r naill danc i'r llall.

Cyn mynd ymlaen i sôn am gerbydau, cystal i mi ddweud gair am ymwelwyr eraill â'r pentref. Roedd y postmon, ar un adeg, yn un o'r mwyaf cyson o'r rheini, ac nid postmon lleol a olygaf, ond un fyddai'n dod yr holl ffordd o Bwllheli gan ddosbarthu rhai llythyrau ar ei ffordd. Er mwyn hwyluso tipyn ar y gwaith hwnnw yr urddasolwyd y Palmant Mawr â'r enw Rhydyclafdy Road. Wrth gwrs, nid oedd ffurflenni *Littlewoods* yn bod bryd hynny, na'r afrifed hysbysebion sy'n gymaint poendod heddiw. Wedi cyrraedd y pentref byddai'r postmon o'r dre yn aros hyd oni fyddai'n hanner awr wedi tri cyn cychwyn ar ei daith yn ôl. Sôn rydw i am y dyddiau y deuai ar feic bach coch a rhyw fframwaith o haearn fel hambwrdd o'i flaen. Ar hwnnw y byddid yn strapio'r bagiau fyddai'n cynnwys y llythyrau a'r parseli achlysurol.

Roedd 'na gymeriad neu ddau ymhlith y postmyn o'r dre, oherwydd roedd ganddynt ymadroddion oedd yn ddieithr i ni, blant y wlad. 'Tyrd yma'r Wil Bol Melfed,' meddai un. Hwnnw hefyd fyddai'n fy nghodi i sefyll ar ei ysgwyddau pan oeddwn yn blentyn bach ac wrth wneud hynny'n gweiddi, *'Trip to the moon!'* Aeth i'r Rhyfel Mawr ac ni wn ai ei lais nerthol ynteu rhyw gymhwyster arall a fu'n gyfrifol am iddo godi o'r rhengoedd i fod yn rhingyll yn y fyddin. Daeth yn ei ôl o'r fyddin ac ailafael yn ei waith.

Ymwelydd wythnosol â'r pentref oedd y meddyg.

Doctor Penbont y'i gelwid yn gyffredin, a galwai yn Nhŷ'n Llan i gynnal yr hyn a elwir heddiw yn syrjyri. Onid yw'n rhyfedd fel y dywedwn fod arnom eisiau gweld y doctor, pryd mewn gwirionedd eisiau i'r doctor ein gweld ni fydd arnom. Ar ei foto beic y deuai'r doctor. Ef, gyda hyd o edau ddu, a dynnodd ryw ddannedd sugno oedd gennyf. Mynd ato ryw 'blêteim' pnawn a wneuthum, ac roeddwn yn 'hogyn da iawn' yn ôl Gwen Jones, yr athrawes.

Cafodd y Doctor Bach foto beic hefyd yn lle'r car a merlen. Efallai ei fod yn rhatach i'w redeg na chadw car a merlen a William i'w ddreifio o gwmpas ar ei alwadau proffesiynol. Ar yr adegau hynny, byddai rhaid i William wisgo het bowler yr un fath â'i feistr, er ei fod yn ei chasáu â chas perffaith. Tanc brown oedd ar foto beic y Doctor Bach, a *New Hudson* oedd ei wneuthuriad.

A sôn am feddygon, mewn car modur doctor y cefais i'r reid gyntaf erioed. Doctor ysgol oedd hwnnw a phan ddeuai i archwilio plant mewn ysgol byddai'n rhaid i'r dyn hel plant i'r ysgol fod yno i bwyso'r plant ac i fesur eu taldra. Dod i'n tŷ ni i gael cinio rhwng ymweld â dwy ysgol a wnaeth, ac felly y cefais fynd y ddwy filltir, mwy neu lai, i ysgol Dinas. Car bach i ddau oedd o, ac mewn rhyw wegni bach y tu ôl i'r seddau y rhoddwyd fi; na, nid bŵt oedd o, oblegid nid oedd arno gaead. CC4 oedd nymbar y car, a'r Dr E. Ll. Parry-Edwards oedd y doctor o roi ei enw llawn iddo.

Dau a âi drwy'r pentref yn weddol gyson oedd Phylip y Sadler a Dic Clociau. Mynd o fferm i fferm i drwsio harnais y byddai Phylip Parry fel yr arferai teiliwr fynd oddi amgylch i deilwra. Bywoliaeth ddigon main fyddai arno heddiw, mae'n siŵr. Rwy'n credu mai byw efo'i chwaer Marïa, neu Mreia ar lafar gwlad, yr oedd. Byddai J.H., golygydd *Y Brython*, papur Cymraeg Lerpwl, yn dod i aros gyda nhw weithiau.

Dic Clociau Mawr oedd Dic Clociau mewn gwirionedd. Ni wnâi ddim â chlociau larwm bach. Dyn y *long case grandfathers* oedd o, dyna oedd ei sbesialiti, a byddai diwrnod trin un o'r rheini yn ddiwrnod mawr yn hanes teulu. Glanhau clociau oedd ei waith mewn gwirionedd, ac i'r diben hwnnw roedd angen powlen, plât a soser i ddal yr amrywiol olwynion a phinnau a bysedd y cloc. Roedd eisiau clwtyn neu ddau hefyd. Wedi'r glanhau a dodi'r rhannau at ei gilydd, eisteddai am sbel i wrando ar y cloc yn tipian ac, wedi ei fodloni ei hun nad oedd cloffni yn ei gerddediad, ymadawai gan siarsio i anfon i Dŷ'n-lôn, y Felinheli, pe stopiai'r cloc.

Un arall a âi drwy'r pentref o dro i dro ar gefn ei feic oedd John y Cweiriwr. Wyddem ni blant, neu o leiaf ni wyddwn i nad oeddwn wedi fy magu ar fferm, beth ar y ddaear oedd gwaith John, a phe dywedasid wrthyf mai ysbaddu y byddai, ni fyddwn damaid callach. Yr unig beth a wyddwn i oedd bod ganddo gâs lledr, main, hir, ynghlwm wrth asgwrn cefn ei feic. Yn ôl a ddeallaf, mae ffermwyr yn medru gwneud gwaith John, a llawer mwy, eu hunain erbyn heddiw.

Fforddolyn achlysurol arall oedd Thomas y Ffarier, neu'r *vet* fel y'i gelwir heddiw. Wrth raid yr âi ef heibio. Câi ei ystyried yn ffarier da iawn, ac er na fyddai'n sobor bob amser nid oedd hynny'n amharu dim ar ei fedr ymarferol.

Ymwelydd arall â'r pentref yn ei dro oedd y dyn a ddeuai i dorri enwau ar gerrig beddi yn y fynwent. Byddwn wrth fy modd o weld Huw Evans, Trwyn Dwmi, yn dod oblegid ar ôl gorffen yn y fynwent deuai i'n tŷ ni i gael paned, ac os byddai hwyl go dda arno cyfnewidiai le efo 'nhad ar ben y setl a mynd ati i daflu ei lais. Prin ei fod o safon y rhai sy'n ennill arian mawr ar y teledu y dyddiau yma, ond gallai gael y dyn bach oedd y tu ôl i'r llechen a amgylchynai'r lle tân i ateb i'w, 'Helô! Wyt ti yna?' Roedd fy nghred ym modolaeth y dyn bach yn ddi-syfl.

Masnachwyr Eraill

Deuai'r Tsîp Jac i'r pentref yn ei dro a châi groeso mawr
yn ddi-ffael. Byddai wedi rhaghysbysu ei ddyfodiad
ychydig ddyddiau ymlaen llaw ac os byddai'r tywydd yn
sych, byddem ni blant yn mynd sbel o ffordd i'w
gyfarfod ac yn trotian y tu ôl i'w gerbyd tua'r pentref.

Gyda'r nos tua diwedd yr haf y deuai ac y gosodai ei
stondin o flaen yr hen weithdy ar ochr sgwâr y pentref.
Rhoddai dipyn o wellt sych yn rhimyn wrth fôn y cerrig
oedd ar eu pennau o flaen y gweithdy, a dodai ddysglau
a llestri breision eraill i'w harddangos ar y gwellt. Yna,
dadlwythai ragor a chodi fframwaith ei stondin.

Erbyn cyflawni'r paratoadau i gyd byddai'n rhyw
how-dywyll ac yn bryd darparu'r lampau. Fflêrs paraffîn
oedd y lampau ac roedd rhaid poethi eu byrnars.
Contreifans elfennol iawn oedd y fflêr paraffîn; dim ond
powlen gron i ddal y tanwydd a hyd o biben a thro at
i fyny yn ei blaen, ac ar flaen hwnnw roedd y byrnar.
Pan gyrhaeddai'r paraffîn y byrnar poeth byddai'n ageru
a gellid ei gynnau. Llosgai â fflam felynwen, swnllyd.
Weithiau, oherwydd diffyg pwysedd efallai, diffoddai'n
chwap, a byddai arogl paraffîn poeth yn llenwi
ffroenau'r cynulliad.

Doedd gorfod gwneud paratoadau fel'na ddim yn
hollol anfanteisiol, oblegid rhoddai gyfle i dwr go dda o

bobl ymgynnull, gan nad oedd pawb yn gorffen godro yr un adeg, a doedd dim gobaith gwerthu llawer i gynulliad bach.

Ymlaen â'r gwerthu! Clebran a baldorddi tipyn, canmol, troi bowliau a phlatiau ar flaenau ei fysedd i dynnu sylw ac i hudo prynwyr. Yr un hen strywiau ag a ddefnyddid ar faes Pwllheli ar ddiwrnod ffair; dobio'r platiau ar eu hymylau ar ochr cist de i ddangos mor anodd i'w torri oeddynt, heb ddangos bod ochr y gist de yn rhoi o dan y plât.

Ymhen sbel, teneuai'r gynulleidfa, lleihâi'r mân sgwrsio, prinhâi'r baldorddi, iselhâi fflam y fflêr a deuai'n bryd i'r Tsîp Jac ddodi'r llestri nas gwerthwyd yn ôl ar y cerbyd a throi yn ôl i ble bynnag y daethai ohono. Babilon, Burnley, Stoke-on-Trent, go brin. Efallai nad âi yn bellach na Llannor neu Abererch! Wyddem ni blant ddim, a thrannoeth ni fyddai dim o'i ôl ond ychydig wellt ar wasgar ar hyd y pentref a chwpanau a soseri newydd yn wlych mewn dŵr oer yn rhai o gartrefi'r ardal.

Nid y Tsîp Jac oedd unig ddarparwr llestrïach i'r cymdogaethau. Deuai dyn o Nefyn, William Jones 'Twig', oddi amgylch yn ei dro, gydag amrywiaeth o lestri ar ei gerbyd fflat. Mantais delio efo Wil Twig oedd y cymerai ef hen wlanenni, wrth y sachaid, yn rhan-daliad am bowlen neu debot neu rywbeth arall.

O Nefyn y deuai Twm Nain i werthu penwaig pan fyddai gormod wedi eu dal at alwadau cyffiniau Nefyn ei hun. Clywid ef o bell yn gweiddi, 'Penwaig! Penwaig ffres! Penwaig Nefyn!' Mi synnech gynifer a geid am swllt bryd hynny. Gwelais rai ar werth wrth y pwys yng

Nghaernarfon tua dwy flynedd yn ôl. Penwaig, o bopeth, wrth y pwys! Clywais ddweud y gwerthid wyau wrth y pwys erstalwm. W. Williams a ddywedodd wrthyf un tro, a fyddai *ef* o bawb ddim yn dweud celwydd. Ef ddywedodd hefyd bod cwningod yn bethau mor brin yn Llŷn yn ystod ei fachgendod, tua 1872-3 ffordd 'na, fel byddai dweud bod rhywun wedi gweld un yn hytrach nag ysgyfarnog, yn peri syndod ac angrhediniaeth!

O Nefyn hefyd y deuai William Jones, Becar, yn ei fen a cheffyl yn ei thynnu. Welais i ddim men arall felly na chynt na chwedyn. Wn i ddim pam y deuai William Jones i'r ardal chwaith oblegid roedd llawer o bobl yn pobi a chrasu bara eu hunain. Prawf o hynny oedd y ffaith bod James, burum sych, yn dod ar ei feic o Bwllheli i werthu burum, a bu ei fab Willie James yn dod wedi i'w dad riteirio. Ar foto beic bach, *Levis two stroke*, y deuai Willie James, ac yn aml byddai mewn stryffîg i gael y *Levis* bach i ailgychwyn ar ôl i Willie gael cwpanaid o de. Cofiaf yn iawn fel y byddai Willie James yn tueddu i siarad trwy'i drwyn. Mewn cydeidiau bychain o sachliain y byddai'r burum sych, petai yn sych hefyd! Roedd yn sylwedd gweddol drwm ac arogl fel — wel, fel dim byd ond burum sych arno! Y dyddiau hyn clywir llawer o sôn am *logos*, arwyddlun fyddai'r gair Cymraeg, mae'n debyg. Gwneud i does godi yw gwaith burum neu lefain, rhoi sbonc yn y toes fel petai, a beth sy'n well am sboncio na changarŵ. *Kangaroo Yeast* oedd enw'r burum sych ac roedd llun cangarŵ ar y cwdyn. Mân-werthid ef wedyn yn y siopau wrth yr owns neu'r hanner owns a'i roi mewn cwd papur siâp triongl. Oes y cwd papur oedd honno, ac roeddynt yn llawn hwylusach na'r pethau a ddefnyddir heddiw yn yr oes blastig hon.

Un o Forfa Nefyn oedd Mrs Owen Bwtsiwr a ddeuai efo car a merlyn. Cerbyd du, uchel oedd y cerbyd ac uwchben yr olwynion roedd pethau fel mydgiards ond eu bod yn fflat ac nad oeddynt yn mynd rownd hanner yr olwynion. *Arm-guards* oedden nhw, reit siŵr, oblegid roedd yr olwynion yn fawr. Gwisgai Mrs Owen, a oedd yn Saesnes, ddarn o liain neu sidan dros ei het a hwnnw wedi ei glymu o dan ei gên. *Motor veil* oedd yr enw ar y dilledyn, os dilledyn hefyd, a'i ddiben oedd sicrhau nad âi'r gwynt â'i het ymaith. Roedd ar Mrs Owen ei angen hefyd, oblegid ar ei ffordd adref byddai'n gyrru fel Jehu. Digon cymwys yw ei chyffelybu i Jehu. '. . . a'r gyriad sydd fel gyriad Jehu mab Nimsi; canys y mae efe yn gyrru yn ynfyd,' meddai'r Llyfr Mawr amdano ef. Tipyn o gigydd oedd yntau hefyd fel y gwelir o droi at 2 Brenhinoedd, Penodau 9 a 10.

Roedd merch Y Caerau, nid wyf yn siŵr pa Gaerau chwaith, wedi priodi ffermwr o ardal Tudweiliog a byddai'n mynd drwy'r pentref efo car a merlyn i edrych am ei theulu gartref. Lusa Caerau oedd hi i mi; nid Lîsa na Leisa, sylwch. Byddai hi'n aros wrth ein tŷ ni i hel clecs efo mam, achos roedd y ddwy yn hen gynefin â'i gilydd. Tra byddai'r ddwy'n ymgomio'n brysur byddai'r merlyn yn budr-gnoi deiliach y clawdd. Flynyddoedd yn ddiweddarach deuthum i'w hadnabod fel Mrs Williams a chael cyfle i ddysgu rhai o'i disgynyddion, a heddiw yn un o'r papurau 'ma sy'n cael eu gwthio trwy'r drws am ddim, dyma fi'n gweld hysbysiad dalen-lawn bod dau o'r rheini yn ehangu eu busnes drwy agor cangen newydd.

Ar ddiwrnod Sioe Nefyn, byddai dyn o gyffiniau Abersoch yn mynd drwy'r pentref gyda cheffyl i'w arddangos yn y sioe. Ceffyl oedd yr anifail i ni blant, beth bynnag ei ryw na'i oed. Harri, Bryncethin Bach, oedd y gŵr wyneb lawen, ond nid oedd gennyf syniad ym mhle roedd y fan honno. Pe bai rhywun wedi dweud mai o Hong Kong y deuai, ni fyddwn fymryn nes i wybod, ond roedd yn ddigwyddiad i'w groesawu.

Ond nid ydwyf wedi sôn am Johnson bach a ddeuai o gwmpas i werthu mân betheuach at iws tŷ. Mewn coffr bach haearn, brown, ar strap dros ei ysgwydd, y cariai ei siop symudol. Mae'r ansoddair ar ôl ei enw yn awgrymu sut un oedd o ran corff. Yn y coffr roedd amrywiaeth ddiddorol o bethau, a gellid yn hawdd gymhwyso ato y ribi-di-res o ddweud — 'Cribau bras, cribau mân, nodwyddau dur, ede, weitsus, brôtsus a phob math o jiwelri.' Beth bynnag am y jiwelri, byddai ganddo binnau bach yn rhesi fel sowldiwrs ar bapur pinc, pinnau gwallt, pinnau cau, lastig du a gwyn, cardiau o *hooks and eyes,* pinnau tei melyn fel aur, rîls du a rîls gwyn. Ond gwell na'r cyfan i'm golwg i oedd yr hancesi coch a smotiau gwynion drwyddynt, er na chefais un erioed; dyna pam roeddynt mor uchel yn fy ngolwg, reit siŵr. Mae gen i ryw frith gof bod ganddo gonsartina fach hefyd ac y byddai'n canu honno i dynnu sylw at ei bresenoldeb.

Yn hen lyfr cownt fy mam roedd cofnod fel hyn, *'Party dyn bach digri'.* Pwy oedd hwnnw? Paham y gelwid ef yn ddigri? A sut yr amlygai ei ddigrifwch? Nis gwn, ond byddai 'dyn gwirion' yn mynd drwy'r pentref weithiau, hynny yw os gwir yr hen ddywediad mai dim ond dyn gwirion all wneud min ar siswrn. Rhyw ddyfais yn cynnwys olwyn beic wedi ei threfnu i droi meini llifo bychain oedd ganddo, un maen yn fras a'r llall yn fân. Dwyf i ddim yn rhy siŵr a oedd cafn dŵr yn rhan o'r contreifans. Byddai'n llifo cyllyll hefyd, ond o ble y deuai nac i ble yr âi, nis gwn. Ni wn chwaith faint a godai am finiogi offer, ond gwn weld ei eisiau hyd yn oed yn yr oes fodern hon.

Tracsions a Cherbydau

Cofiaf ddysgu rhyw gân yn yr ysgol elfennol erstalwm
oedd yn dechrau fel hyn:

'Some talk of Alexander and some of Hercules,
Of Hector and Lysander, and such great names as these . . .'

Doedd yr enwau hynny'n golygu fawr ddim i ni, ond
roedd gennym ni, hogiau'r pentref, ein harwyr ein
hunain a'r rheini'n byw gryn dipyn yn nes i gylch ein
profiad. William a Harri'r Felin, Now Plas-y-ward, a
Jack Fawr, Llidiart-y-dŵr, oedd yr anfarwolion hyn, a
hynny ar sail y ffaith mai dreifars tracsion oedd pob un
ohonynt. Fel y dengys poblogrwydd hen drenau stêm
ym mhob rhan o'r wlad y dyddiau hyn, mae'r hen
hudoliaeth yn dal i gyniwair o hyd.

Roedd yn y Felin Newydd ddwy injan dracsion, y
dracsion fawr a'r dracsion bach. Fel'na y cyfeiriem ni
atynt, heb ddangos fawr o barch i'r treigliadau. P'un
bynnag o'r ddwy a ddeuai o gyfeiriad Pen-y-garnedd,
byddai'n aros am sbel gan fain hisian ar bont y pentref.
Aros i sugno dŵr o'r afon y byddai, ac i'r diben hwnnw
byddai'r dreifar yn estyn peipen hir dros wal y bont ac
yn dringo dros y wal i godi argae bychan er mwyn
cronni dŵr yr afon. Roedd math o bêl haearn a thyllau
mân ynddi ar flaen y beipen. Wedi rhoi pen y beipen yn
y dŵr, byddai'r dreifar yn dringo'n ôl i symud rhyw lifar

ar y dracsion ac yna byddai'r pwmp ar y peiriant yn symud ac yn sugno dŵr o'r afon. Ar ôl cael digon o ddŵr, tynnid y beipen yn ôl a'i weindio ar y bach priodol, a dyna bethau yn barod i wynebu'r allt i fyny Bw'ch Llan. Symudai'r dreifar lifar arall a chymerai'r hen dracsion ei gwynt ati a'i ollwng yn araf, rhoddai'r dreifar hwb bach i'r fflei-whîl a chyda pwff-pwff-pwff-pwff, i ffwrdd â hi gyda'r plant yn trotian ar ei hôl hyd oni chollent eu gwynt.

Yn ddiweddarach, daeth tracsion fwy hyd yn oed na'r dracsion fawr i'r Felin Newydd. Un oedd wedi bod yn tynnu ceffylau bach o ffair i ffair oedd honno, a thra yn y ffair yn gyrru'r ceffylau bach rownd a rownd, i fyny ac i lawr, ar eu diamcan daith. Er ei bod hi'n fwy, yn groes i'r disgwyl roedd hi'n ddistawach na'r un o'r hen stejars. Does dim dwywaith nad oedd hi'n grand, ond tybed oedd hi'n werth cerdded yr holl ffordd i Benbodlas i'w gweld hi a'i llwyth o galch?

Darn o wlad hud a lledrith a'i mytholeg ei hunan yn perthyn iddi oedd y Felin Newydd a'i libart. Roedd yno injans dyrnu a dyrnwrs, a'r tracsions, wrth gwrs. Roedd yno hefyd stalwyn peryglus, yn ôl y sôn. Roedd gan hwnnw frathiad a allai fod yn angheuol. Roedd wedi brathu drwy far haearn un tro! Ac am William y Felin, byddai hwnnw'n dal llygod mawr â'i ddwylo noeth ac yn eu gwasgu i farwolaeth! Credem bob stori a adroddid, ac unwaith cefais gipdrem ar y lle o ben Lôn Ddrain. Erbyn yr amser yr awn heibio i'r lle yn feunyddiol ar fy ffordd i'r gwaith, roedd y rhamant wedi diflannu, y chwedloniaeth wedi ei gwrthbrofi, y tracsions a'r injans dyrnu yn araf erydu, ac nid wyf yn siŵr a oedd William a Harri ar dir y byw.

Yng Nghaernarfon bell, roedd brenhines holl dracsiynau'r byd — tracsion Lake. Daeth honno i'r pentref, ond Ow! yr alanas, neu o leia'r helynt! Roedd rhywun wedi camgyfeirio'r dreifar ac wedi ei anfon i lawr Lôn Myfyr. Cafwyd peth trafferth ar lôn bach Pistyll, ond pan gyrhaeddodd allt yr Aber fe'i hataliwyd gan gulni'r ffordd. Aeth pethau o ddrwg i waeth ac ni fedrai symud ber ymlaen gan mor bowld oedd sodlau'r cloddiau o'r ddeutu, ac ni allai facio yr holl ffordd yn ôl i ben Lôn Myfyr. Nid oedd 'y teliffôn salaf yn y wlad' wedi cyrraedd y pentref bryd hynny, a bu'n rhaid i'r dreifar gerdded y ddwy neu dair milltir i'r Sarn i hysbysu'r perchennog yng Nghaernarfon am yr helynt. Doedd dim amdani ond torri sodlau'r ddau glawdd o'i blaen. Wedi benthyca rhofiau a chael cryn dipyn o help gan eraill, buwyd wrthi, yn ngolau lanterni, yn rhofio ymaith sodlau'r cloddiau. Wedi dycnu arni am y rhan helaethaf o'r nos, cafwyd hi i lôn Pengarnedd a rhwydd fu ei hynt wedyn.

Erbyn heddiw mae ciarifanio yn boblogaidd iawn. Dim ond dwy fen a welais i'n aros yn y pentref. Yng ngwaelod y pentref, yn y gongl fach rhwng giât y fynwent a wal bach Tŷ'n Llan yr arhosent. Men, na, ciarifan dreifar y stîm rowler oedd un o'r ddwy. Yn honno y câi ei *meals on wheels*. Roedd 'na gyrten bach ar y ffenestr fel na fedrech weld i mewn. Wrth gwrs, byddai'r rowler yn cadw cwmni iddi yn y nos a byddai llechen ar ben corn yr injan a charreg ar ben y llechen i'w chadw yn ei lle.

Y fen arall oedd honno yr âi'r ferch oedd yn darlithio neu'n sgwrsio am achosion y dicáu oddi amgylch ynddi. Men 1 h.p. oedd honno achos un ceffyl oedd yn ei thynnu. Miss Rowlands oedd enw'r ferch; galwai mewn ysgolion a defnyddiai festrïoedd capeli yn lleoedd i bobl ymgynnull i wrando arni. Pwysleisiai bwysigrwydd bwyd maethlon a gorffwys digonol, a chofiaf un o'i dywediadau, 'A cool head and warm feet, soon put a man to sleep.' Cwrddais hi ymhen rhai blynyddoedd wedyn a minnau wedi tyfu'n ddyn ac wedi cael ac wedi gorchfygu'r haint. Wrth lwc, aeth y swydd a ddaliai hi a'r gymdeithas a'i cyflogai allan o fodolaeth.

Roedd un fen arall a âi drwy'r pentref o bryd i'w gilydd, ac roedd honno'n un anghyffredin o grand. Mrs James a'i mab Tom oedd y perchenogion. Roedd y ceffyl yn borthiannus a'r trigianwyr yn syber a thrwsiadus. Gwerthent bethau tipyn uwch eu safon na'r pegiau dillad a'r blodau papur a geid yn gyffredin gan sipsiwn. Roedd yn y llofft orau yn tŷ ni ryg wedi ei brynu ganddynt, ac arferwn feddwl mai croen carw Llychlyn, reindeer, ydoedd. Does wybod ar y ddaear croen beth oedd o mewn difrif.

Creaduriaid Tŷ Ni

Gan fy mod wedi troi ym myd olwynion a cherbydau am rai penodau, mae'n bryd i mi droi'r stori, a bwrw golwg ar rai o'r creaduriaid a fyddai o gwmpas ein tŷ ni.

Roedd acw ieir a cheiliogod — mewn cwt, mewn ffolt neu wedi dianc i grafu'r ardd! Roedd digon o le i gadw ieir yn y cae tu cefn i'r tŷ, er nad oeddynt yn cael hwnnw i gyd yn libart iddynt eu hunain. Byddai eisiau rhoi iâr neu ddwy i ori weithiau. Rhaid fyddai cael bocs gwag o faintioli cymwys i ddechrau ac yna torri tywarchen las i'w rhoi ar waelod y bocs. Wn i ddim a oedd unrhyw rinwedd yn y dywarchen, ynteu ei swyddogaeth oedd bod yn bwysau i gadw'r bocs rhag troi. Wedyn, byddai eisiau tipyn o wellt a gwair i wneud nyth ar ben y dywarchen. Wedi rhoi'r wyau yn y nyth a'r iâr i eistedd arnynt, cedwid hwy mewn lle llwyd-dywyll am y cyfnod arferol. Wrth gwrs, byddai gofyn gofalu am fwyd a diod i'r iâr tra byddai'n gori. Ar derfyn tair wythnos deuai'n adeg i edrych a oedd cywion yn curo yn yr wyau. Codid hwy at y glust fesul un i wrando. Byddai ambell un wedi dechrau torri trwodd.

Yna, deuai'r diwrnod mawr pan oedd y gori ar ben. Sawl cyw oedd 'na? Sawl un gwyn? Sawl un du? Sawl un fel hyn, a sawl un fel arall? Sôn am *egg-seitment*! A oes unrhyw beth delach na nythaid o gywion ieir melyn bach? Oes, cywion gwyddau bach ar glwt o welltglas!

A sôn am ddofednod, mae'n debyg y gellid cynnwys colomennod yn y dosbarth hwnnw o adar. Mae'n debyg hefyd bod cyfnod yn hanes pob bachgen o'r wlad pan oedd bod yn berchen colomen yn uchelgais ganddo. Roedd gan Noa saith pâr ohonynt yn yr arch er nad yw'r Llyfr Mawr yn datgan p'un ai glân ynteu aflan oeddynt. Mae'n debyg eu bod yn lân i un diben, ond mi wn na roddwn i hwy yn y dosbarth hwnnw o ystyried rhai o'u harferion!

Wedi swnian a swnian, fe geid caniatâd i gael colomen. Y broblem wedyn oedd penderfynu i ble i fynd i gael un; roedd y cwt wedi ei wneud ymlaen llaw mewn llawn hyder ffydd y deuai'r caniatâd. Roedd colomennod yn y Ffridd ac yn Nhŷ'n Simddai. Roedd John Davies, Ffridd, wedi rhoi joe o 'faco melys' i mi un tro, ac ef a'r gweision wedi cael sbort am fy mhen yn ymbalfalu am handlen y pwmp yn yr iard. Ar y llaw arall, roedd John Thomas, Tŷ'n Simddai, yn ddyn braidd yn chwyrn, ond roedd The(ophilus) dipyn yn ieuengach ac yn fwy tebygol o fod mewn cydymdeimlad ag uchelgais hogyn ysgol. Felly, Tŷ'n Simddai amdani!

Mynd yno ar ddiwedydd; roedd hynny'n angenrheidiol er mwyn bod yn sicr y byddai'r colomennod wedi clwydo. Curo ar ddrws y gegin groes, ac ymhen tipyn dyma ffenestr y llofft gefn yn agor a phen The yn ymddangos. Egluro'r neges iddo a, bendith arno, mi ddaeth i lawr a chyrchu ysgol i ddringo at y colomennod ac estyn cyw i lawr i mi. Wrth gerdded adre'n ôl, ni wn ai calon y cyw ynteu fy nghalon i a gurai gyflymaf.

Wedi cael y golomen adref, ei pherswadio i aros gartref oedd y benbleth wedyn. Roedd coel yn bodoli y byddai rhwbio tipyn o asiffeta o dan ei hadain yn gwrthweithio greddf gynhenid colomen i ddychwelyd i'w hen gartref. Cig-eiddew go iawn oedd yn angenrheidiol mewn gwirionedd, ond o ble y câi hogyn bach yng nghanol gwlad Llŷn afael ar gig-eiddew? Nid oes llawer heddiw wedi gweld cig-eiddew heb sôn am fyseddu peth ohono, ac yn wir hen stwff drewllyd, gludiog, anghynnes ydyw neu oedd cig-eiddew. Go brin y gellir ei brynu mewn siop fferyllydd heddiw.

Yn niffyg cig-eiddew, na dim arall tarddedig ohono, roedd un ffordd arall o ddatrys y broblem. Rhaid oedd rhoi eich bysedd yn ddwfn ym mhwll eich cesail, a gorau pa fwyaf o chwys oedd yno, ac yna rwbio eich bysedd dan adain y golomen. Defnyddir yr un egwyddor mewn dull cyffelyb o wneud cyfaill o gi.

Nid wyf yn cofio bod heb gath yn tŷ ni pan oeddwn yn blentyn. Yn naturiol, byddai cathod bach yn dod o bryd i'w gilydd a byddai'n rhaid boddi'r rheini. Weithiau, cedwid un o'r rhai bach, os byddai sicrwydd o gartref iddi. Cofiaf weld cath yn cael ei saethu unwaith, ac nid oedd yn brofiad dymunol ar y pryd, er i mi yn ddiweddarach fod yn ddigon dideimlad i fedru boddi cath fawr fy hunan. Yn llyn y Rheithordy y boddais hi ac mewn twll yng nghoed y Rheithordy y cleddais hi wedyn, a hynny heb seremoni na gwasanaeth gan offeiriad na rheithor na neb arall.

Diddorol dros dro, fel i bob cenhedlaeth o blant, oedd cadw cwningen, ond ni fu acw erioed gwningen ddof. Ceisio dofi un wyllt a wneid bob tro a methiant oedd pob ymgais. Er cynllunio trigfan hwylus, nid ymlyfai'r un gwningen yn ei phreswylfa newydd. Er gwifren a bollt, mynnu dianc a wnaent. Byddai ambell lefren yn rhyw fudr setlo i lawr am ychydig ddyddiau, ond byddai ei dannedd miniog yn sicr o'i galluogi i ennill ei rhyddid yn y diwedd.

Bu fy nhad yn wael ac yn orweiddiog am fisoedd lawer a chafodd mam syniad y byddai llaeth gafr yn llesol iddo, a dyma gael un. Un o Nant Gwrtheyrn oedd hi, un las a hanner un o'i chyrn wedi ei dorri i ffwrdd, p'un ai mewn damwain neu mewn ysgarmes nis gwn. Y stabl oedd ei chartref dros nos a threuliai'r dydd yn pori wrth dennyn yn y cae y tu cefn i'r tŷ ac ar gloddiau'r lôn bach. Byddai'n mwynhau ei hun yn sefyll ar ei thraed ôl i hanner-dringo'r prysgwydd i gyrraedd deilen las. Doedd hi ddim yn fisi ynglŷn â'i deiet, a chystal oedd ganddi groen oren â deilen las. Roedd yn rhaid dal yn ei phen pan gâi ei godro a bûm yn gwneud y gorchwyl hwnnw lawer gwaith. Ar y cyfan roedd yn greadur digon ffeind, ond rhad arni ar derfysg. Byddai yn ôl yn y stabl fel bwled a'r tennyn i'w chanlyn pan glywai sŵn taran, a byddai'n crynu fel deilen. Fel popeth byw, marw fu ei hanes hithau, a chladdwyd hi yn y cae y tu cefn i'r tŷ.

Daeth un arall i gymryd ei lle. Roedd honno'n afr o dras ac yn meddu enw. Roedd hi'n anifail digon arbennig yn wir i hawlio pennod gyfan iddi hi ei hun.

Pegi'r Afr

Gellid tybio bod amgylchiadau cenhedlu'r ddwy afr yn dra gwahanol. Y naill yn ganlyniad damwain a hap a'r llall yn ganlyniad cynllunio bwriadus dyn. Oedd, roedd gan yr ail afr dras y gellid ei holrhain.

O Gastell Grug y daeth hi, ac roedd iddi, yn ôl pob sôn, gysylltiad mewn modd nas gwn â'r hen Sir Drefaldwyn ac â theulu nid anenwog yn y rhanbarth hwnnw o Gymru, os nad drwy Gymru gyfan, ac ymhellach na hynny mewn rhai meysydd o astudiaeth. Wn i ddim ai yn Sir Drefaldwyn y ganed hi ac ni wn chwaith a fu hi yno erioed, na sut y daeth hi oddi yno os bu hi yno. Ond gwn sut y daeth hi o Gastell Grug i'n tŷ ni. Mam aeth yno i'w nôl efo car a merlen — roedd mam yn rêl giamstar ar drin car a merlen — ac roeddwn innau'n rhan o'r ymgyrch honno. Lle pell iawn, yn fy nhyb i, oedd Castell Grug, lle pell o'r pentref a lle pell iawn o'r lôn fawr. Beth bynnag am hynny, fe'i caed i'r car a rhai o'i choesau ynghlwm. Roedd y daith o Gastell Grug yn arteithiol iddi ar brydiau, mae'n siŵr, ond daeth i ben â hi a chael ei thraed yn rhydd mewn ardal newydd.

Gafr frown a gwyn oedd hi, ond prin y gellid ei galw'n afr froc chwaith, oblegid roedd y brown-goch yn glytiau rhy fawr arni. Roedd yn ddi-gorn, ond nid yw hynny'n

101

gyfystyr â dweud na allai dwlcio, er mai un ddigon addfwyn oedd hi ar y cyfan.

Roedd ganddi enw a swniai yr un fath o'i sbelio yn Saesneg neu Gymraeg, a Pegi oedd hwnnw. Os oedd ganddi ach-restr, mae'n siŵr mai Peggy oedd wedi ei gofnodi ar honno. Roedd hi'n llaethreg dda, ond am ryw reswm nad oeddwn i wedi rhoi llawer, os dim, sylw iddo, roedd eisiau cael bwch ati. Ardal ddigon di-fwch, a di-afr yn wir, oedd y cyffiniau agos, ac roedd rhaid mynd i blwyf Llangïan, i Dyddyn Gwyn a bod yn fanwl. Roedd ei gael oddi yno'n broblem. Ni ellid dod â chreadur felly mewn car a merlen a'r unig ateb oedd ei gerdded.

Er bod 'ca'lyn stalwyn' wedi bod yn uchelgais gennyf pan oeddwn yn iau, ni freuddwydiais erioed mai gyda bwch gafr y byddwn yn bwrw fy mhrentisiaeth. Erbyn hynny roeddwn yn ddeuddeg oed neu fwy ac yn ddisgybl yn y 'cownti sgŵl'. Dychmygwch fy mhroblem. Doeddwn i erioed wedi gweld bwch gafr, heb sôn am dywys un, ac roedd Tyddyn Gwyn filltiroedd lawer o'm cartref. Doedd 'na ddim tebygrwydd i'r 'Madog, ddewr ei fron' hwnnw ynof, ond cychwyn fu raid un bore teg. Yn betrus, ac wedi fy arfogi â phwt o dennyn a dwy bocedaid o India corn bras, dyma fentro ar yr ymgyrch.

Mam a Robert Williams, Tyddyn Gwyn, reit siŵr, oedd wedi rhagbaratoi'r fenter, neu roedd 'na gyfryngwr yn rhywle wedi bod yn gymorth i roi pethau ar y gweill. Ymaith â mi i nôl y bwystfil; tros Fwlch y Llan, ar hyd y Palmant Mawr ac i lawr Lôn Ddrain. Ymlaen heibio i'r Felin Newydd a thynnu i fyny o Rydgaled, heibio pen Lôn Glai a Nant y Rhiwdar a chyrraedd Tŷ Gwyn.

102

Wedi tipyn bach o fân-sgwrsio, mynd i olwg y bwch.

Creadur brown-ddu barfog, digon blêr ei flewyn oedd o, ac oni bai fy mod mewn lle dieithr a braidd yn swil, byddwn wedi dweud nad oedd yn bersawrus iawn. A sôn am gyrn! Roeddynt yn fwy fflat na chrwn yn eu bôn ac yn lledu allan ar ôl tyfu o'i ben fel llythyren V fawr. Rhoddodd rhywun, nid fi reit siŵr, y tennyn am ei wddf. Doedd gen i mo'r syniad lleiaf pa fath gwlwm i'w wneud, a'r tebyg yw y byddwn i wedi setlo ar gwlwm rhedeg!

Dyma gychwyn ar y daith am adref a'r bwch yn tywys yn ddigon ufudd. Tipyn bach o ystyfnigrwydd yn cael ei amlygu tua phen Lôn Glai — *emergency measures* amdani! I'r boced i gael tipyn bach o India corn bras a'i gynnig ar gledr fy llaw i'm cydymdeithydd. Y grawn yn amlwg at ei ddant. Tywysu tipyn wedyn yn ddigon hwylus i lawr at efail Rhydgaled ac ymlaen at y Felin Newydd. Roedd yr *emergency stops* yn digwydd yn amlach, amlach o waelod Lôn Ddrain hyd at giât 'Rhenstâd; stop, bwydo, *go*, oedd hi wedyn bob cam nes cyrraedd tŷ ni a'r dognau bwyd wedi eu diysbyddu'n llwyr ar ôl rhoi bonws bach iddo ar ddiwedd y daith. Mae'n siŵr, erbyn meddwl, y byddai'r bwystfil wedi gallu fy llusgo'n ôl bob cam i Dyddyn Gwyn pe bai rhyw syniad felly wedi croesi ei feddwl!

— Os cofiaf yn iawn, ei glymu wrth fôn coeden yn yr ardd a gafodd yn gyntaf. Rhyw gam rhagarweiniol oedd hynny, ef yn yr ardd a Pegi yn y cae, er mwyn i'r naill synhwyro presenoldeb y llall, mae'n debyg. A thipyn o gamp fyddai i unrhyw berchen ffroen beidio â synhwyro fod y bwch hwnnw yn y cyffiniau! Dygwyd yntau i'r cae cyn bo hir a chlymu ei dennyn wrth bostyn haearn ffyrf wedi ei guro i'r ddaear hyd ei hanner. Bu'n twlcio a thwlcio'r postyn nes ei gamu. Fel y soniais, roedd yn greadur cryf a gallai godi prysgwydden bur nobl o'r ddaear o gael ei bonyn rhwng fforch ei gyrn. Byddai'n brefu ar brydiau, ond brefiad braidd yn wannaidd oedd ganddo o ystyried ei faint a'i nerth corfforol.

Mae'n rhaid ei fod wedi aros acw am gyfnod go dda oblegid mae gennyf gof am ddwy genhedlaeth a dadogwyd ganddo. Esgorodd Pegi ar ddau fyn y tro cyntaf ac ar un yr ail waith. Dyna'r creaduriaid bach mwyaf chwareus a welsoch erioed. Wedi i'r ddau gyntaf dyfu tipyn a'u diddyfnu fe'u tywysais yr holl ffordd i'r Mynachdy yn Nhudweiliog, lle roedd efeilliaid bach arall yn eu crud, dau a achosodd gryn ddryswch i mi lawer tro flynyddoedd yn ddiweddarach. Rwy'n cofio mai ar ben y cwt mochyn yr oedd y ddau fyn pan adewais y Mynachdy a throi am adref.

Euthum â'r myn arall yn ôl i Dyddyn Gwyn efo'i dad. Roedd arwerthiant ar y stoc yno a Robert Parry, Pwllheli, oedd yr arwerthwr. Roedd y myn gafr gennyf wrth gortyn a rhoddwyd ef ar werth. Galwodd rhywun o'r cynulliad, 'Ydy'r hogyn i'w gael hefo fo?' Swllt a thair oedd y cynnig uchaf a gafwyd am y myn gafr. A wyddoch chi beth? Welais i ddim ceiniog o'r swllt a thair hyd heddiw!

Creaduriaid Anwes a Ffynhonnau

Ni fu gennym gi yn ein tŷ ni erioed. Nid oes gennyf gof am gi yn nhŷ fy nain chwaith er ei bod hi'n byw ar ddyddyn bychan. Nid wyf yn credu bod cadw ci bach yn anifail anwes yn ffasiwn yn Llŷn pan oeddwn i'n blentyn, er na wn i ddim sut roedd pethau yn y mân blasau megis Cefnamwlch, Madryn, Gelliwig a Nanhoron.

Gan rai o blant y 'cownṭi sgŵl' y clywais gyntaf y dywediad 'ci rhech', a rhoddwyd ar ddeall i mi mai ci ydoedd i roi'r bai arno pe digwyddai i un o'r boneddigesau weithredu yn y fath fodd nes tarfu ar eich trwyn neu'ch clust, neu'r ddau ar yr un pryd! Mae'n sicr y byddai'r bwch gafr o Dyddyn Gwyn wedi bod yn arbennig o effeithiol yn y swydd honno!

Gwnes ymdrech deg i gael ci bach unwaith. Dod o Danyfoel yr oeddwn ar noson yn nechrau hydref. Roedd hi'n llwyd-dywyll a minnau yn araf droedio i fyny Lôn Ddrain gan chwibanu'n llon, fel y caniatâi fy anadl. Ar y gwastad bach sydd ger Lôn Betris, dyma gi bach yn ymddangos ac, fel y bydd cŵn a chathod ieuainc, a hen rai am a wn i, yn ymgreinio am fwythau. Rhoddais innau dipyn o fwythau iddo a dechreuodd fy nilyn. Cafodd lawer yn rhagor o fwythau a hynny lawer gwaith o ben Lôn Ddrain hyd at ein tŷ ni. Erbyn hynny roedd hi wedi tywyllu tipyn mwy a disgwyliwn y câi'r ci bach groeso mawr, ond i'r gwrthwyneb y digwyddodd pethau. Cefais fy nhafodi'n hallt am ymddwyn mor hurt a gorchymyn pendant i fynd â'r ci yn ei ôl y munud hwnnw. Dyna beth oedd chwalu gobeithion a thorri crib go iawn! Mynd fu raid, ond nid wyf yn credu i mi fynd ag o yr holl ffordd yn ôl i ben Lôn Betris. Hudais ef i ben y clip syth cyntaf ar y ffordd i lawr Lôn Ddrain ac yn y fan honno, mi drois arno fo. Hen dro gwael, a minnau wedi maldodi cymaint arno, ond o leiaf cafodd wers gynnar ar anwadalrwydd plant dynion.

Ni welais eurbysg acw erioed chwaith. Pysgod bach, do, ond nid rhai wedi eu prynu nac wedi eu hennill mewn ffair, rhai wedi eu dal yn y gymdogaeth a dim byd crandiach i'w cadw ynddo na phot jam gwydr — un pwys ar gyfer un neu ddau ac un deubwys os byddai rhagor na hynny. Doedden nhw ddim yn cael bwyd sbesial; yn wir, ni wyddwn fod y fath beth i'w gael mewn siop. Briwsion bara ac ambell bry genwair oedd yr unig beth a gâi ei arlwyo iddynt. Does ryfedd eu bod mor fyrhoedlog.

Roedd 'na ddau fath o bysgod bach i'w cael yn lleol, Brithyll y Don cyffredin gyda thri phigyn ar eu cefnau a Silidons gyda'u boliau orengoch ar rai adegau. Roedd y math cyntaf i'w cael yn afon Tŷ'n Llan, sef afon Pentre dan enw arall.

Arferiad rhyfedd yw hwnnw o alw ffrwd yn ôl tir y fferm y rhed drwyddo. Dyna afon Tŷ'n-pwll yn mynd yn afon Penbryn, yn afon Tŷ'n Llan, yn afon gweirglodd Glanllynau, ac wedi iddi gael atgyfnerthiad o afon Maes yn mynd yn afon Rhos Goch, ac ati, hyd nes cyrraedd afon Soch, a oedd yn afon ddigon mawr i gael ei henw ar fap ac mewn papur newydd ar ôl glaw mawr a llifogydd.

Ond yn ôl at y Silidon. Yn afon 'Raber roedd y rheini. Llifrediad araf iawn oedd i honno, a digonedd o fwd ar ei gwely. Ymddengys mai amgylchedd felly oedd wrth fodd y Silidons. Tybed oes rhai ynddi heddiw, a thybed a oes plant yn mynd ati i geisio eu dal, ynteu a yw eu holl fryd ar wylio angenfilod dychmygol ar y teledu?

Roedd nadroedd yn bethau digon cyffredin erstalwm hefyd. Codai gwiberod dipyn o arswyd arnom a rhyfeddaf at ryfyg rhai o'r plant mawr wrth iddynt drin nadroedd. O fod yn ddigon dewr, medrid gafael ym mlaen cynffon neidr a'i dal hyd braich â'i phen i lawr heb ofni pigiad nac unrhyw niwed. Gwelais Jac Bach, Llidiart-y-dŵr, yn trin neidr felly. Y gred oedd na fedrai neidr godi ei phen ddim uwch na chanol ei chorff. Awn i ddim ar fy llw mai gwiber oedd hi, a fyddwn i ddim yn argymell neb arall i arbrofi yn yr un maes.

Roedd 'na'r hyn a alwem yn neidr ddall hefyd, yn ogystal â genau coeg a genau coeg y dŵr. Yn ffynnon Maes roedd y math olaf i'w cael. Mae cryn amrywiaeth o ardal i ardal yn enwau'r ymlusgiaid hyn. Wn i ddim ai doeth ai peidio fyddai cael unffurfiaeth enwau trwy Gymru gyfan chwaith. Peth arall nas gwelais ers blynyddoedd yw gwas neidr. Paham galw creadur mor brydferth ei adenydd â hwnnw yn was neidr, nis gwn. Mae'n debyg mai'r ffaith iddo arfer ymddangos ar yr un adeg o'r flwyddyn â'r neidr sydd yn cyfrif am hynny, yn union fel y gelwir yr hylif tebyg i boeryn ar blanhigion yn boeri'r gog.

Gan i mi grybwyll enw un ffynnon, cystal i mi nodi un neu ddwy arall. Ffynhonnell dŵr y pentref oedd seston o lechen wedi ei lleoli ychydig uwchlaw'r pentref a hynny ym môn clawdd Cae'r Fron. Gwelais ei hagor droeon er mwyn ei glanhau; doedd hi ddim llawer islaw wyneb y ffordd, ac ar ôl glaw mawr byddai'r dŵr ohoni'n llwyd iawn hyd oni fyddai wedi cael amser i waelodi drachefn.

Mae gennyf syniad mai trefniant gan y Pwyllgor Addysg oedd ei gosod yno, oblegid ohoni y deuai cyflenwad dŵr yr ysgol yn ogystal â dŵr pin y pentref. Yn wir, pan fyddai rhediad pin y pentref yn fain o ddiffyg pwysedd, ni fyddai yr un diferyn o ddŵr i'w gael yng 'nghrocrwm' yr hogiau nac yng 'nghrocrwm' y gennod. (Lle i gadw cotiau a bagiau brechdan oedd 'crocrwm'.) Ni roddwyd gwybod inni mai *cloak-room* y dylid ei ddweud nes i ni gyrraedd 'Standard thri'. Ymadrodd arall a oedd yn llurganiad gennym oedd 'plîs man cowt'. Hugh Rowlands — Hu-uw Jennie a'n goleuodd parthed y llurganiad a oedd wedi ein gwasanaethu mewn sefyllfaoedd argyfyngus droeon ar ein gyrfa o 'standar nôt fawr' i fyny i 'standard tw'. 'Plisman yn y cowt,' meddai. 'Welaf i'r un plisman yn y cowt.' Ac eglurodd i ni mai *'Please, ma'am, may I go out'* oedd ffurf gywir yr erfyniad.

Ond dyma fi wedi crwydro ymhell o'r ffynhonnau! Cyfeiriais eisoes at bin y pentref, sef ein gair ni am arllwysiad dŵr — pin Llaingwta, pin Glan Beuno, ac ati. Tap dŵr oedd pin y pentref mewn gwirionedd a phan redai hwnnw'n sych daliai pin Llaingwta i redeg. Roedd gan y ffermydd a'r mân dyddynnod eu ffynhonnau eu hunain. Gallaf gofio enwau cryn ddeg o ffynhonnau o fewn cylch milltir i'r pentref, ond yn ffynnon Myfyr yr oedd *y* dŵr. Doedd hi'n fawr o ffynnon o ran maint ac nid oedd dim ôl gwaith dwylo dynion o'i chwmpas. Gellid gweld y dŵr yn byrlymu o galon y graig a hwnnw'n oer, oer ac yn glir fel grisial. Mae'n wir ei bod hi'n bell o'r pentref, ond roedd bonws i'w gael wrth gyrchu dŵr ohoni, oblegid ar lannau ei gofer gellid casglu berw'r dŵr, ond rhaid oedd gofalu i beidio â chymysgu rhyngddo a'r cegid gwenwynig a dyfai yno hefyd.

'O deuwch i'r dyfroedd,' meddai'r Hen Lyfr Mawr, a dyna ni wedi bod!

Yr Helfa!

Pa un o gymeriadau Daniel Owen oedd hwnnw y
dechreuai'r Saboth iddo ar nos Sadwrn, dwedwch?
Diamau y dechreuai felly i gannoedd eraill yn y cyfnod
hwnnw a chofiaf gymeriadau a wnâi yr un paratoadau
pan oeddwn innau'n blentyn. Yn wir, digwyddai
rhywbeth tebyg yn fy hanes i fy hunan, ymhell cyn i mi
erioed feddwl am shafio. Defod y cribo pen â chrib mân
a hela llau oedd hi, lleua, os mynnwch chi, ac ar nos
Sadwrn y digwyddai'n ddi-feth.

Pan oeddwn rhwng pedair a phump oed roedd gennyf
wallt cringoch cyrliog i lawr hyd fy ysgwyddau. Clywais
Dorah Tŷ'n-graig yn cyfeirio ataf fel 'yr hogyn bach
hwnnw hefo gwallt cyrls'. Heddiw, gallwn fynegi
teimlad tebyg i'r eiddo Williams Parry gynt ynglŷn â
'Clychau'r Gog' — 'Och na pharhaent'! A phe bai
Dorah yn dal ar dir y byw, 'yr hen ŵr hwnnw heb fawr
ddim gwallt' fyddwn innau, reit siŵr!

Ond yn ôl at yr helfa! Dyma fanylion y gweithred-
iadau. Yn gyntaf, anfonid fi i gyrchu maes y gyflafan.
Roedd hwnnw'n symudol. Trwy gydol yr wythnos
crogai ar hoelen y tu ôl i ddrws y ffrynt. Darn o gerdyn
hirsgwar gweddol drwchus ydoedd. Esgus dal rhyw
fymryn o galendr oedd un o'i ddibenion gwreiddiol
ond, mewn gwirionedd, hysbysebu cwmni yswiriant

oedd ei brif bwrpas, ac ar yr ochr orau iddo roedd llun haul melyn mawr a phelydrau llachar yn ymfflamio ohono. Afraid dweud pa gwmni a gynrychiolai. Afraid hefyd dweud pa ochr iddo oedd yn weladwy pan grogai ar yr hoelen. Nid peth neis iawn fyddai dangos yr ochr arall, yn enwedig i bobl ddiarth!

Erbyn i mi ddychwelyd ar hyd y pasej, byddai mam yn eistedd yn ei chadair wrth dalcen y bwrdd a'r fegin ar ei fflat ar ei harffed, y lamp *Queen Anne* honno wedi ei symud yn nes at ymyl y bwrdd, a'r arfau angenrheidiol wrth law ar y stôl haearn wrth ochr y gadair. Minnau wedyn yn gosod y cerdyn ar y fegin — yr ochr bwrpasol at i fyny — ac yn penlinio o flaen mam fel tawn i ar fin cael fy ngwneud yn Farchog gan y Frenhines. Ond nid, 'Cyfod Syr Richard!' a glywn, ond gorchymyn i blygu ymlaen. Er hynny, chwarae teg iddi, byddai wedi rhoi un o glustogau'r setl i mi benlinio arni gan nad oedd y mat rags yn ddigon trwchus i leddfu gerwinder teils yr aelwyd.

A minnau'n weddol lonydd, dechreuai'r helfa. Y crib bras, du, fel arfer, a ddefnyddid gyntaf, er mwyn datglymu drysiadau mwyaf y gwallt. Dannedd brasaf y crib mân a ddefnyddid wedyn a chyda hwnnw fe ddelid y rhai mwyaf — meibian Anac y llau, fel petai. Fel y disgynnent ar y cerdyn, gwesgid ewin bawd arnynt i'w lladd, a byddai ôl y gyflafan yn amlwg ar y cerdyn. Yn olaf, dannedd manaf y crib mân gwyn. Byddai'r rheini yn cael gafael ar bob Saceus o leuen, ac yn ystod y rhan hon o'r gweithgareddau byddai llawer 'Aw!' ac 'Ow!' cyn ymwroli a thynnu pen ar un neu ddwy o'r llau lleiaf. Wedi cribo fel hyn am sbel âi'r cribiadau'n llai llwyddiannus hyd oni ddôi'r adeg na cheid yr un i'r ddalfa mewn pum neu chwe chribiad. Roeddwn wedyn yn gymwys i'm dangos fy hun i'r 'ffeiriad.

Nid oes gennyf fawr o gof am gael fy 'molchi drostaf'. Roedd acw rywbeth a elwid 'y bath', ond nad oedd mewn gwirionedd yn ddim ond rhyw ddysgl fawr gron heb lawer o ddyfnder iddi, wedi'i gwneud o haearn neu ddur tenau. Rhwng chwech a saith modfedd oedd dyfnder y bath hwn ac roedd ffurfiant fel ceg jwg iddo er mwyn medru tywallt y dŵr ohono. Gwyn oedd ei du mewn, a rhyw fudr felyn oedd ei du allan. Pan sefid ef ar ei ymyl edrychai fel haul mawr. Roedd yn rhy fawr i'w ddefnyddio ar yr aelwyd ac felly yn y gegin allan y'i defnyddid. Golygai hynny wneud tân yno i ferwi dŵr mewn sosban haearn hirgron gyda handlen fel hanner hirgylch y gellid ei phlygu i lawr. Credaf mai *fish-kettle* oedd, ac efallai yw, yr enw coginyddol ar ei thebyg, ond byddai *pwdin 'Dolig-kettle* yn amgenach enw arno yn ein tŷ ni. Sut bynnag, nid oedd yn werth y drafferth o wneud tân yn y gegin allan a defnyddio bath mawr i ddim ond cadw hogyn bach yn lân. Gwnâi tecellaid o ddŵr poeth a chelwrn golchi o faint cymedrol y gwaith hwnnw'n burion, a gellid ymgymryd â'r gorchwyl ar yr aelwyd gynnes braf. Wedi'r cwbl, pa ots pe collid dŵr ar y mat rags. Ni chofiaf faint oedd fy oed pan ddeuthum yn ddigon cyfrifol i 'molchi drosof' fy hunan yn y gegin allan, ond hyd yn oed bryd hynny roedd yn rhaid i rywun arall fod yn wehynnwr dŵr os nad yn gymynwr coed.

Ni chredaf i Nain weld bàth erioed, o leiaf nid yn yr ystyr a roddwn ni i'r gair, serch iddi dreulio blynyddoedd olaf ei hoes hefo Modryb Jên ym Mhwllheli. Bu Modryb Jên yn cadw tŷ bwyta ym Mhwllheli gan dorri brechdan *Hovis* mor denau nes medrech weld trwyddi bron. Sut y digonnid ffermwyr Pen Llŷn â'r rheini, ni wn, ond efallai fod brechdan denau yn newid iddynt. Fe'i gwelaf yn fy meddwl y munud yma yn sefyll o flaen bwrdd, bob amser yn ei brat glân, yn torri'r brechdanau gwyn a brown yn denau fel efrllyd. Ni chafodd ei bendithio â phlant, mwy na minnau a'm gwraig, ac efallai mai dyna un rheswm pam roedd hi mor brim a phropor bob amser. Yn wir, gallasech fwyta oddi ar lawr congl y glo yn ei seler!

Ond yn ôl at Nain, na welodd fàth erioed, ond a fu byw yn gant namyn pedair, ac am wn i, a fyddai'n fyw heddiw oni bai iddi syrthio o'i gwely a thorri ei chlun pan oedd hi'n gant namyn pump! Petai dyn yn ddigon o 'sglaig, y tebyg yw y gallai ddewis ei ffigurau a'u dadansoddi i brofi'n bendant fod pobl na chafodd erioed fàth yn tueddu i fyw'n hwy na'r rhelyw, ac efallai hyd yn oed awgrymu y dylai eglwyswyr ac aelodau'r tri enwad anghydffurfiol eraill fyw'n hwy na Bedyddwyr! Os felly, oni ddylai'r llywodraeth ddeddfu bod rhybudd ar ddrws pob baddondy: 'Gall aml-fathio eich difetha'?

'Rargian fawr! Mae 'na rai pobl heddiw y mae'n rhaid iddynt gael cawod ar ôl dim byd caletach na newid eu meddyliau! Fy hunan, gwell gennyf lynu wrth yr hen gadach gwlanen!

Dydd Sul

Wedi'r cribo mawr efo'r crib mân a'r golchi yn y celwrn
sinc ar nos Sadwrn, byddwn yn lân o'm pen i'm traed.
Yn wir, gallwn aralleirio'r emyn adnabyddus a dweud:

> Daeth eto fore Saboth,
> Mae gennyf yn Dy dŷ,
> Lân ben, heb leuan ynddo,
> A thraed heb oglau cry'.

Ar fore Sul oer yn y gaeaf y peth cyntaf y sylwid arno
wrth fynd i mewn i'r capel drwy ddrws mewnol y
cyntedd oedd cynhesrwydd corfforol. Byddai rhywun
wedi bod wrthi, sbel cyn deg o'r gloch, yn gofalu bod y
lampau mawr melyn wedi eu cynnau, a gwelid y clychau
bach duon oedd uwchben eu gwydrau yn siglo o ochr i
ochr yng ngwres y fflam. O wrando'n astud, gellid eu
clywed yn tincial yn isel, ac weithiau byddai tincial
ambell un yn amseru yn wahanol i dincial y gweddill.

Wedi cyrraedd ein sedd doedd dim i'w wneud wedyn
ond eistedd yn llonydd i ddisgwyl i'r pregethwr esgyn i'r
pulpud, a chael cipolwg bach slei i weld pwy oedd yn y
seddau ôl ar y ddwy ochr. Ni fyddai llawer iawn yn
bresennol yn oedfaon y bore, ond *mi* fyddai rhai yn
eistedd yn y seddau blaen, canol ac ochrau'r capel. Mae
pethau yn wahanol iawn ym mhob capel bach gwledig
heddiw, reit siŵr. Ond na, nid seddau oeddynt ond seti,

ac ar ryw noson waith tua therfyn pob blwyddyn byddid yn hel arian seti. Arferwn, yn fy niniweidrwydd plentynnaidd, feddwl mai rhyw ddyn o Bwllheli y soniai F'ewythr Robat amdano oedd yn cael yr arian. Ond nid am 'Wiliam seti' y soniai f'ewythr, ond am Williams, 80 Stryd Fawr, a gadwai siop nid anenwog am nwyddau gwneud bwyd o'r radd flaenaf.

Â llygaid fy meddwl gallaf weld y cynulliad bore Sul y munud 'ma. Fe'i galwaf yn 'eisteddogion' am y tro yn hytrach nag 'eisteddwyr', mae mwy o naws capel yn y gair i gydweddu â geiriau megis gweinidogion, gwaredigion, etholedigion a hyd yn oed colledigion o ran hynny. Yn yr ail sêt bach ar ôl y seti bocs croesion yng ngwaelod ochr dde'r capel roedd Griffith Jones, 'Raber Fawr, a chanddo un llygad gwan, coch. Ddwy sedd yn uwch i fyny, eisteddai . . . ond waeth i mi heb â dechrau. 'Ped ysgrifennid hwy bob yn un ac un, nid wyf yn tybied y cynhwysai'r byd y llyfrau a ysgrifennid,' meddai adnod olaf Efengyl Ioan am weithredodd Iesu. Ddyweda i mo hynny chwaith, ond mi fyddwn yn sgrifennu am allan o hydoedd, ac yn trethu amynedd pob darllenydd.

Nid oedolion yn unig fyddai yn oedfaon y bore chwaith. Roedd yno 'blant bychain a rhai yn sugno', chwedl y salmydd. Ar foreau braf yn yr haf byddai Ann Williams yn dod â'i babis bach i'r capel. Golygai hynny eu cario sbel o ffordd yn ei breichiau. Go brin y gallai hi fforddio coets bach — doedd geiriau neis fel *pram* a *baby carriage* ddim yn rhan o'n geirfa bryd hynny. Bron yn ddieithriad yng nghwrs y bregeth âi'r babi'n anniddig, a thynnai'r fam ei bron allan i'w gysuro.

Chlywais i neb yn wfftio am iddi wneud hynny. Roeddwn i'n sicr yn rhy ifanc i gael fy nghynhyrfu ddim, ond wn i ddim am deimladau'r glaslanciau hŷn na'r pregethwyr ifanc a welai'r ddrama yn digwydd o dan eu trwynau tra oeddynt hwythau'n prysur ddisychedu'r gynulleidfa â 'didwyll laeth y gair'.

Erbyn yr amser y dylai'r pregethwr dynnu at ddiwedd ei bregeth, ac wedi iddo arwyddo ei fod yn gwneud hynny drwy hanner cau ac ailagor y Beibl Mawr droeon, byddai sigliadau'r lampau crog dipyn yn fyrrach neu wedi peidio'n llwyr yn achos un neu ddwy ohonynt, a thincial y clychau bach bron wedi llwyr dawelu.

Fe ddeuai'r diweddglo, 'Er mwyn Ei Enw, Amen', ac yna cyhoeddi'r Fendith ac allan â ni. Arhosem ni ddim am yr oedolion, a byddai'r plant oedd yn mynd i gyfeiriad y pentref yn rhuthro tuag adref er mwyn cael tynnu'r dillad 'dy' Sul' a chael cinio 'dy' Sul'. Roedd hwnnw'n bryd sbesial. Caem datws a chig rhost ambell dro. Fy ffefryn i oedd tatws rhost a darn o borc a'r grawen yn crensian dan ddannedd.

Byddai mam yn llawn ei thrafferth a 'nhad mewn brat glas, mawr, llaes yn torri'r cig. Cerfio oedd ei air o am y weithred, ond nid wyf o'r farn ei fod yn arddangos llawer o grefft y cogydd profiadol chwaith. Cyn dechrau bwyta, byddai'n rhaid plygu pen a chau llygaid tra dywedai ef, 'Bydd wrth ein bwrdd . . .' Pwdin reis geid gan amlaf, 'gydag amrywiadau' ys dywedir, ac roedd yn well gennyf hwnnw na phwdin 'llygaid deryn bach', ond roedd pwdin berwi yn rhagori ar y ddau. Weithiau, pan fyddai acw fisitors yn yr haf, ceid 'pwdin peips' ac roedd hwnnw'n un da hefyd. Roeddem dan fygythiad o orfod gwneud heb bwdin oni fyddem wedi clirio platiau'r tatws a'r cig yn lân.

Nid oedd llawer o amser wedyn nad oedd yn rhaid newid yn ôl i'r dillad Sul oblegid dechreuai'r Ysgol Sul am hanner awr wedi un. Mynd tua'r capel yn llaw fy mam neu law fy chwaer — a oedd ddengmlwydd yn hŷn na mi — pan oeddwn yn ifanc, ifanc, a chael fy rhoi yn nosbarth yr 'A, Bi, Ec' gyda'm cyfoedion o'r ddau ryw.

Yn y 'seti bocs' bach croes yn ymyl y drws yr eisteddem, ac roedd rhaid eistedd ond pan roid prawf unigol arnom gan yr athrawes. Ni fyddai rhaid aros yn hir yn y fan honno cyn y ceid symud i ddosbarth o fechgyn ar ochr arall llawr y capel. Dibynnai'r dyrchafiad ar allu'r plentyn i reoli galwadau natur. Roedd yr arferiad o wahanu'r rhywogaethau yn gyffredin i'r Ysgol Sul yn ei chyfanrwydd. Ar ôl dosbarth y babanod, roedd dosbarthiadau i blant dan wyth, dan ddeg, ac ati, ac wedi hynny ddosbarthiadau i'r arddegau, pobl ieuainc a phobl mewn oed. Heddiw, o bosibl, cyhuddid yr Ysgol Sul o dorri neu weithredu'n groes i ryw ddeddf neu'i gilydd yn ymwneud â chyd-berthynas rhyw.

Ar Suliau braf yn yr haf byddem ni blant yn cyrraedd y capel sbel cyn amser dechrau'r Ysgol Sul ac, yn ôl arfer plant pob oes, yn chwarae o gwmpas yr adeilad. Un chwarae oedd profi deunydd hancesi poced. Taflai pob un ei hances yn erbyn mur wyneb y capel. Os syrthiai'r hances i'r llawr, doedd hi'n ddim ond cotwm, ond os glynai hi ar y mur roedd hi'n sidan.

Byddai pob dosbarth uwch na rhai yr arddegau cynnar yn gorfod cydadrodd y Deg Gorchymyn ar goedd, ac unwaith y mis gwneid hynny gan yr Ysgol gyfan. Pan wneid hynny, safai pawb oedd yn y capel ar ei draed.

Wedi iddi fod yn nosbarth y merched hynaf (er mai dyn oedd eu hathro yn ddieithriad) deuai Meri Wilias acw i gael te gyda ni. Roedd ganddi sbel o ffordd i fynd adref a hithau eisiau dod yn ôl i oedfa'r nos a hynny drwy dywydd garw ar adegau. Pan fyddai fy nhad ar ei gyhoeddiad yn pregethu yng Nghephas neu yn Ngalltraeth neu rywle arall, câi Meri Wilias a mam gyfle i fynd dros y clecs a glywsid yn y dosbarth Ysgol Sul. Roedd gan Meri Wilias esgidiau *gutta-percha* ac ochrau lastig arnynt. Un tro, daliodd ei thraed yn rhy agos i'r tân a dechreuodd y gwadnau doddi!

Amser te byddai dau fath o dôst i'w cael, sef tôst cyffredin a thôst Elin Jôs, Tŷ Capel. Gwneid tôst cyffredin o flaen 'tân tôst' — doedd dim o'r geriach trydan a ddefnyddir heddiw ar gael, dim ond fforc gyffredin, neu fe gaem ni'r plant ddefnyddio fforc bwrpasol, un a choes y gellid ei hymestyn arni. Er mwyn troi tôst cyffredin yn dôst Elin Jôs, ar ôl ei fenyneiddio byddid yn araf arllwys drosto gyda llwy de, hylif o ddŵr cynnes a siwgr wedi ei doddi ynddo. Ni wn i sicrwydd, ond rwy'n amau mai darpariaeth ar gyfer nam deintyddol neu fylchau deintyddol oedd y math yma o dôst yn wreiddiol.

Ceid jeli weithiau, a *stand-by* mynych oedd llwyaid o jam eirin bwlas ar soser de a thipyn bach o lefrith ar ei ben, a'r cyfan wedi ei gymysgu'n dda nes iddo edrych fel hufen pinc ond bod cerrig eirin ynddo. Medrid sipian y cerrig yn lân cyn eu tynnu o'ch ceg a'u cyfrif.

Roedd 'na sbel go dda rhwng diwedd yr Ysgol Sul a dechrau oedfa'r hwyr. Wrth gwrs, byddai golchi llestri a chlirio yn cymryd tipyn o amser, ond mân siarad o gylch y tân oedd y drefn yn y gaeaf tra gellid mynd i eistedd dan y goeden afalau fawr ynghanol yr ardd ar Suliau braf yn yr haf.

Byddai pob man yn dawel iawn. Prin iawn oedd tramwywyr y ffordd ar brynhawn Sul, ond efallai y ceid gweld Huw Tan-y-fynwent yn mynd am dro. Byddai ef yn swel iawn ac yn swagro tipyn efo'i ffon. Wyddech chi ddim a oedd yn mynd i unman arbennig, ond erbyn meddwl, onid oedd Elin, ddibriod bryd hynny, yn byw ar ochr y lôn ymhellach draw i'r cyfeiriad roedd ef yn cerdded?

Byddai'r haul wedi hen basio'i anterth erbyn y deuai'n amser troi am y tŷ i ymbincio, ac ati, cyn cychwyn am oedfa'r hwyr. Byddai rhaid mynd i baratoi yn gynt ambell brynhawn, oblegid roedd yn arferiad gan rai pregethwyr droi i mewn wrth ddychwelyd o oedfa'r prynhawn mewn chwaer eglwys yn Nhudweiliog.

Gan amlaf ceid pregeth ar nos Sul. Byddai'r lampau mawr ar eu gorau a'r capel yn gynnes braf. Yr un oedd trefn y moddion bryd hynny, canu emyn, darllen, canu emyn a gweddïo ac yna pregeth. Ym meddwl plentyn byddai pob pregethwr yn pregethu am hydion, ac ambell un ohonynt yn nodedig am fod yn hirwyntog.

Peth hyll iawn oedd i blentyn sbïo o'i gwmpas yn y capel, meddai mam, ond gallwn weld heb droi gormod ar fy mhen, bod Ann Williams yn syrthio i gysgu. Nid yr un Ann Williams â honno a ddeuai a'i 'phlant bychain a rhai yn sugno' i oedfa'r bore, ond un arall a eisteddai dipyn yn uwch i fyny canol y capel ar nos Sul. Byddai ei gên yn disgyn at ei brest o nôd i nôd ac yn gorffwys arni yn y diwedd. Efallai mai bloedd gan y pregethwr a'i deffrôi. Yn sydyn, sbonciai ei phen yn ôl a gallech ymdeimlo rywsut ei bod yn ceisio creu'r argraff nad oedd hi wedi gwneud y fath beth â hepian. Chwarae teg iddi, efallai fod y mymryn cwsg yn fwy llesol i'w chorff nag y buasai sylwadau'r pregethwr i'w henaid!

Ar ôl y bregeth cenid emyn arall, yna 'seiat ar ôl' a dyna hi'n amser i'r plant ddweud eu hadnodau. 'Ddaw y plant i lawr?' gwahoddai un o'r diaconiaid o'r sêt fawr, ac fe linynnai'r plant i lawr y ddau basej a sefyll yn rhes hir rhwng yr harmoniwm a seti blaen canol y capel. Yn wir, byddai cynifer o blant nes eu bod yn ymestyn oddi amgylch y sêt fawr hyd at ddrysau mewnol y cynteddau ar y naill ochr a'r llall.

Fel rheol byddai'r plant wedi 'cael gair', hynny yw, roedd yn rhaid chwilio am adnod neu emyn a rhyw air arbennig ynddi a'i ddysgu. Byddai rhai o'r llawr yn cael cyfle i osod gair weithiau, a cheid rhai digon annisgwyl o'r cyfeiriad hwnnw ar brydiau. Rhyw betrus ynganu, 'A'r Iesu a wylodd,' a wnâi'r newydd-ddyfodiaid i'r rhes, ond disgwylid adnod fwy sylweddol fel y deuai'r plant yn hŷn. Ceid adnodau cymedrol eu hyd gan y mwyafrif, ond roedd plant Llaingwta yn bencampwyr ar ddweud adnod. Nid rhyw 'Cofiwch wraig Lot' o adnod a geid ganddynt, ond Salm Fawr o adnod, ac anturient ar Salmau cyfain yn eu crynswth yn gwbl hyderus.

Câi pawb air o ganmoliaeth gan y pregethwr am ddweud ei adnod, ond byddai ambell bregethwr yn gofyn cwestiynau annisgwyl am enwau ac am alwedigaethau disgyblion Iesu Grist a phethau tebyg.

Ysywaeth, bu cyfnod o ymgecru a ffraeo yn hanes yr Achos a hynny yn ystod y 'seiat ar ôl' ar nos Sul. Roedd penboethni ar y naill ochr a'r llall, a pharhaodd yr ymgyrchoedd yn ysbeidiol am wythnosau onid am fisoedd. Wn i ddim yn iawn beth oedd achos yr holl helynt; roeddwn i'n rhy ifanc i ddeall, ond roedd yn beth cynhyrfus iawn i blentyn. Aeth pethau mor ddrwg ar un adeg nes peryglu undod yr eglwys a bu rhaid wrth gyfryngwr ym mherson ysgolfeistr Chwilog bell. Ond tân yn mudlosgi a adawodd yntau a bu rhaid wrth wasanaeth rhagor o gyfryngwyr. Aeth rhai aelodau mor bell â mynychu gwasanaethau'r llan, ond ni chofiaf i'r un ohonynt gael bedydd esgob chwaith.

Deuai pob oedfa i ben, boed hi'n gynhyrfus neu beidio, a byddai'n bryd troi am adref. Yn y gaeaf byddai cryn ystwyrian yn y cynteddau wrth i aelodau'r gynulleidfa ddod o hyd i'w lluserni a'u goleuo. Nid oedd Y Gair yn ddigon o 'lusern i draed' nain i fynd â hi hyd ros Cefngaer a chroesi'r tair camfa oedd ar y llwybr. Wedi i ni gyrraedd drws tŷ ni, gallem weld llewyrch lantern nain wrth iddi fynd i fyny Gallt Gongl Cae, a byddai hynny'n arwyddo nad oedd ymhell o ben ei thaith a'i bod wedi croesi pob camfa yn ddiogel. Roedd gallu gweld Gallt Congl Cae o'n tŷ ni yn hwylus am resymau eraill hefyd. Pe bai nain angen cymorth ei merch mewn unrhyw argyfwng nid oedd eisiau iddi ond taenu cynfas wen ar ben clawdd cae pen yr allt na fyddai mam ar ei ffordd yno.

Wedi golchi llestri swper nos Sul roedd rhaid cadw dyletswydd deuluaidd. Eisteddai'r teulu o amgylch y bwrdd a gosodid y Beibl Mawr arno. Rwy'n meddwl mai mam fyddai'n dechrau darllen adnod neu ddwy, gan mai yn ymyl ei chadair hi y cedwid y Beibl. Cymerai pawb ei dro i ddarllen wedyn. Disgwylid i'r plant hŷn ddarllen dwy neu dair adnod, ond bodlonid ar un gan yr ieuengaf. O'r Salmau y darllenid gan amlaf. Weithiau câi'r bechgyn bwl o chwerthin distaw ymysg ei gilydd a byddai cerydd a dwrdio yn sicr o ddilyn ymddygiad felly.

Yn dilyn y darllen, codai fy nhad a phenlinio ar y setl i weddïo. Roedd rhaid i'r ddau oedd ar y setl gydag ef wneud yr un modd a rhoddai'r gweddill eu pennau i lawr ar y bwrdd. Cyn belled ag yr oeddwn i yn bod, byddai fy nhad wrthi am amser maith, a byddai fy mhenliniau'n brifo gan nad oedd y glustog oedd ar ystyllod y setl yn ddigon trwchus i'w harbed. Byddai'n dda gennyf glywed, '. . . a maddau i ni ein holl bechodau . . .' gan y gwyddwn na fyddai'r Amen yn hir yn dod wedyn. A dyna Sul arall wedi dod i ben.

Gwyliau

Ni fu fy rhieni erioed ar wyliau gyda'i gilydd, oni fuont oddi cartref ar eu mis mêl, ac er na wn i ymhle ar y ddaear y treuliwyd hwnnw, gwn mai yng nghapel Penlan, Pwllheli y priodwyd hwy, gan i mi weld cofnod o'r achlysur ar un o flaen-ddalennau'r Beibl Mawr. Dechreuwyd ar fagu plant ar unwaith, a'r adeg honno fedrech chi ddim mynd ar wyliau efo babis bach, hyd yn oed pe baech chi'n medru fforddio hynny. Fedrech chi ddim mynd ymhell iawn o Ben Llŷn yn ddidrafferth gan nad oedd cyfleusterau teithio yn niferus iawn chwaith. Roedd brêc gan Griffith Hughes, Nant Bach, ond ni ddeuai hwnnw drwy'r pentref, mwy nag y deuai car Tyddyn Torr, a ph'un bynnag, Pwllheli oedd pegwn eithaf eu teithio hwy. Cytbell oedd Bournemouth â Rhufain yn yr oes honno, ac er y gwyddid am Landrindod a Threfriw, lleoedd anhygyrch iawn oeddynt. Tristwch ar ryw ystyr yw sylweddoli bod llaweroedd o Gymry heddiw yn fwy cyfarwydd â heolydd Rhufain, Athen a Chaersalem hyd yn oed nag â threfi ffynhonnau iachusol eu gwlad eu hunain.

Er hynny, fe gawsom ni blant ambell 'holidês' bach. Y cyntaf i mi ei gofio yw cael mynd i dŷ Modryb Meri yn Rhydyclafdy. Dechrau efo tair noson oddi cartref. Roedd hynny ar ôl y profiad cyntaf o un noson oddi cartref. Mynd i fwrw un noson efo Catrin Jôs ac Elin Jôs. Roedd Catrin Jôs wedi symud i fyw i bentref Dinas. Sôn am fedydd tân, bedydd hiraeth dyfrllyd, dagreuol iawn oedd hwnnw! Bûm yn crio ac yn nadu bron drwy'r nos, a bu rhaid mynd â fi yn ôl adref ben bore trannoeth.

Mynd i dŷ Modryb Meri efo car Tyddyn Torr. Mae'n siŵr mai adeg gwyliau haf yr ysgol oedd hi. Mam yn fy nanfon i gyfarfod y car ym mhen lôn Tyddyn Torr yn ymyl Tyddyn Rhiw. Roeddwn yn gwbyn un ar ddeg erbyn hynny ac wedi cael blwyddyn yn y 'cownti sgŵl'. Fy rhoi yng ngofal F'ewyrth Robat a hwnnw'n fy rhoi i lawr yn ymyl giât Tu-hwnt-i'r-afon ac yn dweud wrthyf am gerdded i fyny rhyw lôn drol fechan nes byddwn yn dod at giât. Mynd drwy honno ac ar hyd llethr eithinog. Dim golwg o dŷ a chyrraedd giât arall. Tybed oeddwn i ar y ffordd iawn? Oedd F'ewyrth Robat wedi fy rhoi i lawr mewn lle anghywir? Beth wnawn i? Pam na fyddai Modryb Meri wedi dod i 'nghyfarfod i?

Yn sydyn, mewn cilfach gysgodol ar y dde imi, dyna dŷ yr ochr isaf i'r lôn a giât arall i fynd i'r iard. Mynd drwy honno a dacw Modryb Meri yn dwmplen siriol yn sefyll yn y drws.

Mi setlais i lawr yn iawn yno. Cefais de a jam a brechdan gyrains. Cyn hir daeth F'ewyrth Rhisiart a'r hogiau i'r tŷ o'r caeau. Mae'n debyg nad oeddynt yn dilyn eu crefft fel seiri meini ar unrhyw gontract ar y pryd. Dechreuodd F'ewyrth Rhisiart holi sut roeddwn yn lecio'r 'cownti sgŵl', a beth oeddwn i wedi ei ddysgu yno. Gofynnodd a wyddwn y 'Pater Noster' a minnau yn gorfod cyfaddef na wyddwn i ddim. Chwarae teg, dim ond blwyddyn o 'gownti sgŵl' oeddwn i wedi'i gael, a phe bai wedi gofyn beth oedd llongwr yn Lladin, byddwn wedi gallu dweud mai 'nauta' oedd yr ateb ac mai 'agricola' oedd ffermwr, ond doedd neb wedi sôn gair am 'Pater Noster'!

Cysgu'r noson honno efo Bob, fy nghefnder. Roedd ef yn llawer hŷn na mi, gan mai Modryb Meri oedd chwaer hynaf fy mam ac roedd hi wedi dechrau codi teulu lawer ynghynt.

Aeth y ddau ddiwrnod dilynol yn iawn hefyd. Cefais fynd ar gefn y gaseg wrth i honno gael ei thywys i'r cae i wneud rhywbeth neu'i gilydd. Roedd mynd ar gefn ceffyl yn brofiad newydd i mi. Roedd arnaf dipyn o ofn rhyw hen geiliagwydd oedd yno. Byddai'n dod tuag ataf yn fygythiol iawn gan hisian, ac roeddwn wedi clywed ryw dro y gallai 'clagwydd' dorri coes plentyn ag un ergyd gydag ymyl ei adain.

Ond y peth gorau i gyd yno oedd rhywbeth fel cafn haearn hir wedi ei osod ar osgo o ben clawdd yr ardd i'r iard. Iard fechan oedd hi fel y byddwn i'n synio am iard fferm efo'i thomen dail a'i phwll tomen. Roedd y stabl, y sgubor, y beudy a'r cwt lloi yn gytres â'r gegin groes, ac o ystafell fyw y gegin groes gellid clywed y gaseg yn pystylad yn y stabl. Roedd 'na libart eang o gwmpas yr iard, a'r libart yn cael ei bori'n gwta gan y gwyddau. Roedd wermod wen yn tyfu mewn un lle ar y libart. Roedd yr iard ei hun yn lân a destlus heb un blewyn o wair na gwellt lle na ddylai fod. Y rheswm am hynny oedd bod mab arall a oedd wedi ei brentisio'n groser, wedi dod adref i weithio ar y tir adeg y rhyfel ac na allai oddef dim byd allan o'i le. Roedd ganddo ryw orhoffedd o daclusrwydd a threfnusrwydd, tuedd a elwid heddiw yn rhyw ffobia neu'i gilydd yn ddiamau.

Ond i fynd yn ôl at y cafn haearn hwnnw. Mi ddywedwn i ei fod rhwng tair a phedair llath o hyd, tua throedfedd a hanner i ddwy droedfedd o led, a throedfedd o ddyfnder. O'i fewn roedd platiau haearn wedi eu rhoi i gyrraedd bron ar draws y cafn, un o un ochr a'r llall dipyn o ffordd oddi wrtho ar yr ochr arall. Roedd ôl sment neu forter y tu mewn iddo ac ar y tu allan roedd amryw o lifars i'w tynnu a thapiau i'w troi.

Mae'n debyg mai peth i wneud sment neu forter oedd o, ac mi dybiwn mai arllwys y defnyddiau i'w ben uchaf a wneid a gadael iddynt gymysgu wrth ddod i lawr o'r top i'r gwaelod. Wn i ddim pa mor effeithiol roedd o'n gwneud y gwaith, ond mae Neuadd y Dref ym Mhwllheli ar ei thraed o hyd, a hwyluso'r gwaith o godi'r adeilad hwnnw oedd y defnydd olaf a wnaed ohono. Wn i ddim pam y daeth i dŷ Modryb Meri, os nad oedd F'ewyrth Rhisiart yn bwriadu ehangu ei fusnes a cheisio cael gafael ar gontracts mawr.

Bûm yn aros yn nhŷ Modryb Meri wedyn pan oeddwn ychydig yn hŷn; aros wythnos a rhagor a gwneud rhyw fân orchwylion megis cyrchu dŵr o'r ffynnon pan oedd y pwmp yn hysb, hel eirin a chodi ŷd. Doeddwn i ddim yn meddwl llawer o'r gwaith o godi ŷd, roedd fy nwylo'n rhy feddal ar gyfer yr ysgall a oedd mewn ambell ysgub.

Roedd tŷ modryb mewn lle braf. Ar noson glir o haf gellid mynd i ben yr allt i weld tai West End Pwllheli ymhell draw, a lôn Penrhos dipyn yn nes atom. Roedd Penybarth, na nid Pen-y-berth, islaw i ni. On'd 'doeddwn i'n nabod Ffowc Griffith! Wel, Ffowc Griffith, Tregarnedd, oedd o gynt. Roeddwn wedi darllen arysgrif carreg fedd ei dad yn yr hen fynwent. Gellid ei darllen ond i chi gael twll yn wal y fynwent i roi blaen troed ynddo ac edrych dros y wal yn ymyl tŷ gwair Tan-y-fynwent. Tarw Penybarth gâi buchod Modryb Meri, ynteu dod â'r tarw at y fuwch y bydden nhw tybed; doedd o fawr o ffordd i gyd.

Gallai un o'm cefndryd fynd i Bwllheli ar nos Sadwrn heb lawer o drafferth, a'r neges bwysicaf oedd cael papur dydd Sul i modryb. Ie, y *News of the World* oedd y papur a'r un math o straeon oedd ynddo, ond nad oeddynt yn straeon mor agos i'r asgwrn â rhai heddiw ac nad oedd lluniau merched bronnoeth a thinnoeth ynddo fel y rhai a geir mewn rhai papurau newydd y dyddiau hyn.

Difyrrwch cyffredin i blant y pentref erstalwm oedd cael mynd am bicnic i ben Garn Fadryn. Ar ddiwrnod Gŵyl Banc Awst y digwyddai hynny os caniatâi'r tywydd. Ymgasglai'r fintai fechan yn y pentref i ddechrau ar y daith. Y mamau fyddai'n cario'r basgedi trymaf; basgedi llestri tegan oedd y rheini ac ar brydiau ymddiriedid hwy i bâr o'r plant hynaf i'w clustio. Dilyn y llwybr ar draws y caeau a thros y camfeydd a wneid. Roedd naw camfa i'w croesi o'r pentref i droed y mynydd.

Cyrraedd top stepiau Tan-y-grisiau oedd y nod cyntaf, oblegid yn y siop yno gellid prynu poteli 'jinjir bîar'; doedd y gair 'pop' ddim yn rhan o'n geirfa. Yn y siop byddai Mary Williams radlon, siriol, gyda sbectol debyg iawn i'r un a wisgai Modryb Meri ar ei thrwyn.

Dilyn y llwybr hyd at giât y mynydd ac wedi mynd drwy honno, llwybreiddio yng nghysgod y wal gerrig nes dechrau ar y dringo go iawn a'r plant ysgafndroed yn ennill tir ar y mamau trymlwythog. Cyrraedd, heb ryw lawer o ymdrech, y gwastadedd bychan lle mae Bwrdd y Brenin a'r ffynnon. Mae'n siŵr bod Bwrdd y Brenin yn yr unman o hyd. Andros o garreg fawr fflat, na fedrai hyd yn oed JCB ei symud, yw'r bwrdd, ac arno yr arlwyid y wledd.

Fyddai dim rhaid annog y plant hynaf i lenwi'r tegell a threfnu lle tân gyda cherrig addas. Wedi llosgi cryn dipyn o'r grug oddi tano ceid y tegell i ferwi. Wedi bwyta a chlirio'r llestri a'u hailbacio, dringai'r plant i gopa'r mynydd i syllu ar olion cytiau crwn y Gwyddelod ac i geisio darganfod cartref hwn a'r llall ar y gwastatir islaw. Un peth i chwilio amdano bob tro oedd gweirglodd fawr Porthdinllaen. O ben Garn Fadryn ceir golygfa odidog o Ben Llŷn, ac mae'n fwy na gwerth yr ymdrech o ddringo i ben y mynydd.

Roedd y siwrnai i lawr yn eithaf rhwydd. Roedd rhaid mynd â'r poteli 'jinji bîar' yn ôl i Dan-y-grisiau a phrynu rholyn bach o 'licis bôl' caled, caled. Mi barhâi gewin o hwnnw yn eich ceg am hydoedd, a pharhâi y rholyn am ddyddiau.

Mintai flinedig fyddai'n cyrraedd yn ôl i'r pentref, ond byddai'r plant o leiaf yn eithaf bodlon ar eu diwrnod.

Dydd Diolchgarwch

Pan oeddwn i'n blentyn, ni thalai trigolion Llŷn, yn enwedig yr anghydffurfwyr, lawer o sylw i'r dyddiau gŵyl a oedd yng nghalendr yr Eglwys Sefydledig — nid yr Eglwys yng Nghymru oedd hi bryd hynny. Ni chynhelid gwasanaeth Dydd Gwener y Groglith fel y gweir mewn rhai capeli heddiw, ac nid oedd llawer o arbenigrwydd i Sul y Pasg. Mae cân ysgafn adnabyddus yn Saesneg yn sôn am *Easter bonnets,* ond mae'n amheus gen i a fyddai merched y pentref yn cael hetiau newydd ar Sul y Pasg.

Ar y Sulgwyn y byddai hogiau tŷ ni yn cael siwtiau newydd. Gall y Pasg ddigwydd weithiau ar ddiwedd Mawrth, ac ar flynyddoedd felly prin y byddai'r tywydd wedi tyneru digon i neb fynd i'r capel heb gôt fawr, ond gellid mynd felly ar y Sulgwyn. Cofiaf i mi unwaith gael côt fawr debyg i gôt llongwr a chap i gydweddu â hi. Roeddwn i'n casáu'r 'arwisgo' hwnnw â chas perffaith, ac efallai mai dyna pam y bu cyn lleied gennyf i'w ddweud wrth y môr byth wedyn.

Un ŵyl a arferai gael llawer o gefnogaeth oedd Gŵyl Ddiolchgarwch ar y trydydd dydd Llun ym mis Hydref. Byddai Gŵyl y Diolchgarwch am y Cynhaeaf yn denu i'r capel rai na thywyllent ddrws yr adeilad ar unrhyw achlysur arall gydol y flwyddyn.

Un peth am y Diolchgarwch a'i gwnâi yn wahanol i'r

Sul oedd nad oedd rhaid gwisgo dillad gorau. Gwnâi dillad ail y tro yn burion, onid oeddynt mewn cyflwr treuliedig iawn. Mae cof gennyf am Evan Jones yn dod i fyny'r pasej mewn trowsus melfared brown. Roedd yn amlwg yn un eitha newydd fodd bynnag, oherwydd roedd sglein melfared newydd yn dal i fod arno.

Rwy'n sôn am adeg pryd y ceid digon o dalentau lleol i gynnal tair oedfa weddi. Fel rheol cymerid rhan gan bedwar yn y bore a thri yn y prynhawn, neu yn groes i hynny, ond nid oedd Diolchgarwch yn Ddiolchgarwch heb i bedwar ac weithiau bump gymryd rhan yn oedfa'r hwyr, ond nid oedd yr un fenyw ymhlith y gweddïwyr; cedwid yn gaeth at orchymyn yr Apostol, 'Tawed eich gwragedd yn yr eglwysi . . .'

Roedd y siop yn agored cyn oedfa'r bore ar Ddydd Diolchgarwch a rhwng oedfaon y bore a'r prynhawn, a'r prynhawn a'r hwyr. Roedd hynny'n achosi problem i hogyn bach a oedd eisiau fferins i'w sipian ymhob oedfa. Beth a faint i'w brynu ar y tro oedd y cwestiwn. Gellid prynu botymau gwynion crynion, braidd yn dew, neu rai gwynion tenau, fflat, hawdd eu torri'n bedwar ar gledr llaw. Roedd rhai eraill cyffelyb i'r olaf, ond eu bod yn frown a thipyn yn boethach na'r rhai gwynion; gellid gwneud diod â'r rheini mewn potel ffisyg. Roedd 'na rai duon hefyd, rhai fel rhyw lympiau o jeli wedi caledu, a'r llythyren V wedi ei stampio arnynt. Doedd dim modd torri'r rheini ar gledr eich llaw, ond gellid eu cnoi heb gadw sŵn. Pa rai fyddai'n para hwyaf? Roedd 'na rai fflat, gwyn, tew iawn a llun cloch arnynt, ond F'ewythr Robat fyddai'n cael y rheini yn siop y cemist yn y dref. Fedrech chi ddim torri'r rheini heb roi'r gyllell fara

arnynt a dobio cefn honno efo'r procar, ac wedyn
doeddech chi ddim yn siŵr y bydden nhw'n hollti fel y
dymunech. Ond, dew, roedden nhw'n ddigon poeth i
fendio annwyd. Roedd y rheini'n costio mwy na'r
geiniog neu'r geiniog a dimai a fyddai gan hogyn bach
i'w gwario.

Ond i ddychwelyd at y gweddiwyr. Yn oedfaon y bore
a'r prynhawn rhoddid cyfle i rai o'r dysgwyr neu'r
prentisiaid offrymu gweddi. Mi dybiwn i nad peth
hawdd o gwbl yw offrymu gweddi o'r frest yn
gyhoeddus. Nid oedd hyd yn oed disgyblion Iesu Grist
wedi eu geni gyda'r ddawn, oblegid mae sôn amdanynt
yn erfyn arno, 'Arglwydd, dysg i ni weddïo, fel y
dysgodd Ioan yntau i'w ddisgyblion ef.'

Yn oedfa'r hwyr yr âi'r gweddïwyr sylweddol,
trymion, ar eu gliniau. Mae'n sicr eu bod yn sylweddol
hefyd, ond i hogyn bach, gweddïwyr hirwyntog
oeddynt. Pobl y sêt fawr oeddynt yn amlach na pheidio.
Mi fedrech ryw fudr ddyfalu, a hynny'n weddol gywir,
pa emyn a lediai ambell un cyn mynd i weddi, ac mi
wyddech pwy oedd am sôn am delynau aur ac angylion,
a phwy a soniai am waed — moroedd ohono — ond
roedd deall sut y ceid dillad gwynion a'r rheini wedi eu
golchi mewn gwaed y tu hwnt i amgyffred plentyn!

Gwyddech hefyd y byddai un o leiaf yn siŵr o dorri
i lawr a chrio cyn gorffen ei weddi. Ni wyddai hogyn
bach ddim o gwbl am ddagrau felly. Roedd dagrau ar ôl
gwneud drwg yn eithaf dealladwy, ond dagrau wrth sôn
am Iesu Grist a'r nefoedd a phethau da felly —
anesboniadwy! Ond fe ddaeth goleuni erbyn heddiw: 'O
ryfedd ras!'

Gwelaf un ohonynt a'i glywed y funud 'ma, yn ymlwybro i lawr y pasej i'r sêt fawr i ledio ei emyn. Gwisgai goler galed wen a 'tsiêt' wen, yn ôl arfer yr oes. Byddai ei esgidiau yn gwichian bob cam ar hyd y pasej. Ie, dyna'r emyn, 'Rhyfedd na buaswn nawr . . .' Ac ar ei weddi rhybuddiai'r gwrandawyr y gallai'r 'sgyrsion trên' adael unrhyw adeg a'i bod yn bwysig bod 'pac' pawb yn barod. Yn ddiweddarach cafodd gornel iddo'i hunan yn y sêt fawr gan ei fod wedi mynd yn drwm ei glyw.

Ar wahân i ddiolch i Dduw am ei roddion tymhorol, roedd mater arall i'w ystyried, sef faint o gymorth ariannol a gâi'r Achos drwy roddion diwrnod Diolchgarwch. Gan hynny roedd gorchwyl pwysig i'w gyflawni, sef datgelu yn oedfa'r hwyr faint oedd cyfanswm casgliadau'r dydd.

Capten William Thomas oedd y dyn a wnâi'r gwaith pwysfawr hwnnw. Mae'n debyg ei fod ef wedi gwneud mwy o syms wrth gadw llong i nofio na'r un aelod arall o'r gynulleidfa. Wedi i'r weddi olaf gael ei hoffrymu, arhosai pawb ar ôl i glywed y Capten yn darllen rhestr o enwau'r rhai oedd wedi rhoi eu henwau gyda'u rhoddion.

Roedd yr arfer hwn yn gyffredin drwy Lŷn, os nad drwy'r sir, a byddai gwybodaeth am swm casgliadau gwahanol gapeli yn cael ei nodi yn newyddion lleol yr *Herald Cymraeg* yr wythnos ddilynol. Byddai'n destun ymgom, a byddai aelodau achosion bychain Llŷn yn synnu a rhyfeddu at faint y swm a gesglid yng nghapeli mawr Pwllheli, ac yn teimlo ambell bwl o eiddigedd hefyd o bosibl.

Y Sgolarship

Roedd stabl a choetsiws a chegin allan yn tŷ ni, ond doedd acw ddim tir, ac felly nid oedd unrhyw obaith y gallwn hel tamaid fel tyddynnwr heb sôn am ennill bywoliaeth fel ffermwr. Roedd yn rhaid i'r plentyn ieuengaf gael addysg 'gownti sgŵl', ac er mwyn ceisio cael honno am ddim, roedd yn rhaid sefyll arholiad y 'sgolarship'.

Bryd hynny, roedd dwy ran i'r arholiad, y rhan gyntaf yn ysgrifenedig a'r ail yn arholiad llafar, ond roedd yn rhaid llwyddo yn y gyntaf er mwyn cael hawl i roi cynnig ar yr ail. Roedd yn orfodol sefyll yr arholiad cyn i blentyn fod yn dair ar ddeg oed ar ryw ddyddiad arbennig. Doedd dim gorfodaeth ar bawb i sefyll yr arholiad, ond detholid y rhai mwyaf tebygol o lwyddo.

Roeddwn i'n un o'r pump neu chwe phlentyn a ddewiswyd i sefyll yr arholiad ysgrifenedig. Nid oedd pwysau arbennig wedi bod arnom yn y dosbarth oherwydd ei bod yn gyfnod y Rhyfel Mawr a chryn newid athrawon wedi bod er dechrau'r heldrin honno. Hyd at 1914 roedd wedi bod yn arholiad pur drylwyr, ac nid wyf yn rhy siŵr nad oedd yr arholiad ysgrifenedig yn parhau am ddau ddiwrnod ac yn cynnwys papurau ar Ddaearyddiaeth a Hanes. Ond erbyn fy amser i dim ond Rhifyddeg ac Iaith a arholid. Ychydig iawn o gof sydd gennyf am yr arholiad, ond mi gofiaf y diwrnod.

Roedd y detholedig blant wedi dod i'r ysgol yn gynnar y bore hwnnw, a thipyn bach mwy o sglein arnynt nag arfer. Cafodd pob un 'reiting pen' dur newydd a riwlar a darn o 'blotin paper' coch glân. Wedi gwneud yn siŵr bod yr arfau angenrheidiol gan bob un, cychwynnodd y fintai fach gerdded i Ysgol Botwnnog. Daeth yr athro gyda ni bob cam o'r ffordd gan ein siarsio i gofio'r peth yma a'r peth arall. Wedi cyrraedd gwelem lawer o blant diarth oedd wedi dod yno i'r un pwrpas. Aeth yr athrawon i siarad ymhlith ei gilydd cyn ein trosglwyddo i ofal awdurdodau'r 'cownti sgŵl'.

Tywyswyd ni i ystafell fawr a'n rhoi i eistedd ar feinciau hirion a rhyw hanner hyd braich go dda rhyngom a'n gilydd. Oblegid fy nghyfenw, fi oedd ar ben y fainc yn y rhes flaen, a rhywun o'r enw Evans oedd fy nghymydog agosaf. Ifor Nant o Fynytho oedd hwnnw!

Ar ôl ysgrifennu ein henwau ac ati, roedd 'na bapur syms i stryffaglio drwyddo. Yna, roedd 'composition' a chwestiynau ar iaith yn dilyn. Rwy'n cofio mai am *My Garden* yr ysgrifennais yr *English composition* — a dyna ardd oedd honno. P'un bynnag roedd popeth ar ben erbyn tua thri o'r gloch y prynhawn.

Ymhen sbel daeth y wybodaeth fy mod i sefyll yr arholiad llafar. Mynd eilwaith am Fotwnnog, ond nid oedd eisiau athro i'm hebrwng y tro hwn oblegid cawn gwmni rhai oedd yn ddisgyblion yno'n barod.

Rwy'n rhyw feddwl bod dau ddyn yno i fynd o'u blaenau. Rhoddodd un ohonynt fap o'r *British Isles* ar y ddesg o'i flaen. Map plaen oedd o, amlinelliad yn unig, a gofynnwyd i mi ddangos neu bwyntio ar y map y ffordd yr awn o Bwllheli i Lincoln. A dweud y gwir i chi, nid oeddwn yn siŵr iawn ble i leoli Pwllheli i ddechrau, ond gwyddwn ei fod yn Llŷn ac mai Llŷn oedd y darn hwnnw o dir oedd yn ymwthio i gyfeiriad Iwerddon. Yn ffodus, roeddwn wedi gweld y geiriau 'RUSTON, LINCOLN' ar y tarpwlin gwyrdd oedd yn cael ei osod dros ddyrnwr y Felin Newydd pan nad oedd wrth ei waith. Gwyddwn mai rhywle i gyfeiriad yr 'Îst Côst' yr oedd y Lincoln hwnnw, ac mi betrus wthiais fy mys o Lŷn ar draws gwlad i'r 'North Sî'. Ni ofynnodd yr hen beth gwael yr un cwestiwn i mi am Scotland, a minnau wedi cael ei sodro i'm penglog mai'r ffordd iawn i seinio Kircudbrightshire oedd dweud Cyrcwbrisheiyr!

Rhoddodd y dyn arall lun cyfansawdd o'm blaen a gofyn i mi wneud stori amdano. Pedwar llun bach oedd elfennau'r llun mawr. Dynes ifanc yn cario baban ar ei braich oedd y llun bach cyntaf. Yn yr ail lun roedd wedi cyrraedd cae lle roedd pobl wrthi'n trin gwair, ac yn y trydydd, dodai ei baban i gysgu wrth droed mwdwl o wair. Yn y llun olaf, roedd eryr mawr yn ehedeg ymaith â'r baban yn ei grafangau. *'Ddat iss how Hannah Lamond losd her bebi.'* Roeddwn wedi clywed y stori o'r blaen ac roedd gennyf grap ar Saesneg oherwydd bod mam yn cadw fisitors.

Ymhen sbel mi ddaeth 'risylt yr ecsam'. Rwy'n meddwl mai'r chwech cyntaf ar y rhestr oedd yn cael 'sgolarship', ond dyna dro, roeddwn i un yn fyr o fod yn gadwedig. Fel y digwyddodd pethau, symudwyd ceidwad goleudy Enlli i oleudy arall ac, yn naturiol, roedd am fynd â'i ferch gydag o. Roedd honno'n un o'r rhai oedd wedi llwyddo ac am hynny symudwyd pawb oedd o'i hôl un i fyny ar y rhestr.

Felly y bu i mi un bore o Fedi, a minnau ddau fis yn brin o fod yn un ar ddeg oed, gychwyn cerdded yng nghwmni Llew Stryd, i'r 'cownti sgŵl'. A dyna ddiwedd ar ddiniweidrwydd plentyndod.